U0088098

喔嗨優！
日本人天天會用的
おはよう！日本人が毎日使う日本語フレーズ
日語短句

國家圖書館出版品預行編目資料

喔嗨優！日本人天天會用的日語短句 /
雅典日研所編著-- 初版． -- 新北市：雅典文化，
民110.05　面；　公分． -- (全民學日語；60)
ISBN 978-986-99431-7-8(平裝附光碟片)

1. 日語　2. 會話
803.188　　　　　　　　　　　110003675

全民學日語系列　60

喔嗨優！日本人天天會用的日語短句

企編／雅典日研所
責任編輯／許惠萍
內文排版／鄭孝儀
封面設計／林鈺恆

法律顧問：方圓法律事務所／涂成樞律師

總經銷：永續圖書有限公司
永續圖書線上購物網
www.foreverbooks.com.tw

出版日／2021年05月

雅典文化

出版社

22103　新北市汐止區大同路三段194號9樓之1
TEL　(02) 8647-3663
FAX　(02) 8647-3660

50音基本發音表

清音　🎧MP3 002

a ㄚ	i ㄧ	u ㄨ	e ㄝ	o ㄡ
あ ア	い イ	う ウ	え エ	お オ
ka ㄎㄚ	ki ㄎㄧ	ku ㄎㄨ	ke ㄎㄝ	ko ㄎㄡ
か カ	き キ	く ク	け ケ	こ コ
sa ㄙㄚ	shi ㄒ	su ㄙ	se ㄙㄝ	so ㄙㄡ
さ サ	し シ	す ス	せ セ	そ ソ
ta ㄊㄚ	chi ㄑㄧ	tsu ㄘ	te ㄊㄝ	to ㄊㄡ
た タ	ち チ	つ ツ	て テ	と ト
na ㄋㄚ	ni ㄋㄧ	nu ㄋㄨ	ne ㄋㄝ	no ㄋㄡ
な ナ	に ニ	ぬ ヌ	ね ネ	の ノ
ha ㄏㄚ	hi ㄏㄧ	fu ㄈㄨ	he ㄏㄝ	ho ㄏㄡ
は ハ	ひ ヒ	ふ フ	へ ヘ	ほ ホ
ma ㄇㄚ	mi ㄇㄧ	mu ㄇㄨ	me ㄇㄝ	mo ㄇㄡ
ま マ	み ミ	む ム	め メ	も モ
ya ㄧㄚ		yu ㄩ		yo ㄧㄡ
や ヤ		ゆ ユ		よ ヨ
ra ㄌㄚ	ri ㄌㄧ	ru ㄌㄨ	re ㄌㄝ	ro ㄌㄡ
ら ラ	り リ	る ル	れ レ	ろ ロ
wa ㄨㄚ		o ㄡ		n ㄣ
わ ワ		を ヲ		ん ン

濁音　🎧MP3 003

ga ㄍㄚ	gi ㄍㄧ	gu ㄍㄨ	ge ㄍㄝ	go ㄍㄡ
が ガ	ぎ ギ	ぐ グ	げ ゲ	ご ゴ
za ㄗㄚ	ji ㄐㄧ	zu ㄗ	ze ㄗㄝ	zo ㄗㄡ
ざ ザ	じ ジ	ず ズ	ぜ ゼ	ぞ ゾ
da ㄉㄚ	ji ㄐㄧ	zu ㄗ	de ㄉㄝ	do ㄉㄡ
だ ダ	ぢ ヂ	づ ヅ	で デ	ど ド
ba ㄅㄚ	bi ㄅㄧ	bu ㄅㄨ	be ㄅㄝ	bo ㄅㄡ
ば バ	び ビ	ぶ ブ	べ ベ	ぼ ボ
pa ㄆㄚ	pi ㄆㄧ	pu ㄆㄨ	pe ㄆㄝ	po ㄆㄡ
ぱ パ	ぴ ピ	ぷ プ	ぺ ペ	ぽ ポ

拗音

kya ㄎㄧㄚ	kyu ㄎㄧㄩ	kyo ㄎㄧㄡ
きゃ キャ	きゅ キュ	きょ キョ
sya ㄒㄧㄚ	**syu** ㄒㄧㄩ	**syo** ㄒㄧㄡ
しゃ シャ	しゅ シュ	しょ ショ
cya ㄑㄧㄚ	**cyu** ㄑㄧㄩ	**cyo** ㄑㄧㄡ
ちゃ チャ	ちゅ チュ	ちょ チョ
nya ㄋㄧㄚ	**nyu** ㄋㄧㄩ	**nyo** ㄋㄧㄡ
にゃ ニャ	にゅ ニュ	にょ ニョ
hya ㄏㄧㄚ	**hyu** ㄏㄧㄩ	**hyo** ㄏㄧㄡ
ひゃ ヒャ	ひゅ ヒュ	ひょ ヒョ
mya ㄇㄧㄚ	**myu** ㄇㄧㄩ	**myo** ㄇㄧㄡ
みゃ ミャ	みゅ ミュ	みょ ミョ
rya ㄌㄧㄚ	**ryu** ㄌㄧㄩ	**ryo** ㄌㄧㄡ
りゃ リャ	りゅ リュ	りょ リョ

gya ㄍㄧㄚ	gyu ㄍㄧㄩ	gyo ㄍㄧㄡ
ぎゃ ギャ	ぎゅ ギュ	ぎょ ギョ
jya ㄐㄧㄚ	**jyu** ㄐㄧㄩ	**jyo** ㄐㄧㄡ
じゃ ジャ	じゅ ジュ	じょ ジョ
jya ㄐㄧㄚ	**jyu** ㄐㄧㄩ	**jyo** ㄐㄧㄡ
ぢゃ ヂャ	ぢゅ ヂュ	ぢょ ヂョ
bya ㄅㄧㄚ	**byu** ㄅㄧㄩ	**byo** ㄅㄧㄡ
びゃ ビャ	びゅ ビュ	びょ ビョ
pya ㄆㄧㄚ	**pyu** ㄆㄧㄩ	**pyo** ㄆㄧㄡ
ぴゃ ピャ	ぴゅ ピュ	ぴょ ピョ

● | 平假名 | 片假名 |

→序言

　　本書是設計給日文初學者在面對日本人時，要如何用簡單的句子表達自己想說的話。句子短的好處是方便初學者與日本人對談時，可以只用簡短有力的語句表達自己意思。

　　大部分的初學者在面對日本人時往往因為緊張而無法把太長的句子表達完善，而且對初學者來說太長的句子所牽涉的文法複雜也較難記憶，此時短而有力的會話句型既可表達自己意思也方便記憶。

　　此書分成七大篇，設計為日常生活中最常用的句型，在常用句型裡都用對話的方式加強記憶，並且在重要句型裡都會額外添加單字，讀者只需要將其單字帶入即可完成屬於自己的句子並可增加單字量。

本書特色：

⊙各章節主題分類清楚，方便查詢

⊙句子短而有力，太長也記不住

⊙重要句型附有相關單字，自己選擇最適合的單字並可增加單字量

⊙日文例句下標有羅馬拼音，方便初學者閱讀小
　巧精裝，方便隨身攜帶並附有CD-MP3

　　請利用本書附有，由專業日籍老師發音製作而成
的CD反覆練習，讀者若能經常聽並跟著一起練習跟
讀，必能增強口語會話，以及增強讀者的聽力，有朝
一日必可與日本人侃侃而談。

PART1

➔ 每日會發生的事:日常生活篇

PART2

➔ 每日會發生的事:校園職場生活 實用短句

PART3

→每日會發生的事：自我情感表達

PART 4

➜ 每日必學餐廳會話

PART 5

➜ 每日必學購物會話

PART 6

→ 每日必學電話用語

PART 7

→ 每日會發生的事：自助休閒娛樂篇

PART1

每日會發生的事：日常生活篇

→初次見面的自我介紹

說明 在跟人家介紹自己的時候，請不要忘記拿出"元氣"以及面帶微笑的說出以下句子，會增加對方對你的好感度唷！

 005

會話情境：兩人剛要認識

A はじめまして○○です。
ha.ji.me.ma.shi.te.○.○.de.su.
初次見面我是○○。

よろしくお願いします。
yo.ro.shi.ku.o.ne.ga.i.shi.ma.su.
請多多指教。

B こちらこそよろしくお願いします。
ko.chi.ra.ko.so.yo.ro.shi.ku.o.ne.ga.i.shi.ma.su.
我才請您多多指教。

A どこから来ましたか？
do.ko.ka.ra.ki.ma.shi.ta.ka.
您從哪裡來呀？

B 台湾から来ました。
ta.i.wa.n.ka.ra.ki.ma.shi.ta.
我來自台灣。

A 台湾ですか？私は台湾が大好きです。

ta.i.wa.n.de.su.ka./wa.ta.shi.wa.ta.i.wa.n.ga.da.
i.su.ki.de.su

台灣呀，我最喜歡台灣了。

會話情境：向大家介紹你自己（上班族身分）

A 始めまして○○と申します。

ha.ji.me.ma.shi.te.○.○.to.mo.u.shi.ma.su.

大家好我叫○○。

B 貿易会社で働いています。

bo.u.e.ki.ga.i.sha.de.ha.ta.ra.i.te.i.ma.su.

在貿易公司上班，

A よろしくお願いいたします。

yo.ro.shi.ku.o.ne.ga.i.i.ta.shi.ma.su.

請多多指教。

替換單字練習

MP3 006

- 建設会社
ka.n.se.tsu.ga.i.sha.
建設公司

- 出版社
shu.ppa.n.sha.
出版社

- 病院
byo.u.i.n.
醫院

● 旅行社
りょこうしゃ
ryo.u.ko.u.sha.
旅行社

● 保険会社
ほけんがいしゃ
ho.ke.n.ga.i.sha.
保險公司

會話情境：向大家介紹你自己（學生身分）

Ⓐ 初めまして。〇〇と申します。
はじ　　　　　　　　　　　もう
ha.ji.me.ma.shi.te./〇〇.to.mo.u.shi.ma.su.
初次見面，我叫〇〇。

Ⓓ 台湾から来た留学生です。
たいわん　　　き　　りゅうがくせい
ta.i.wa.n.ka.ra.ki.ta.ryu.u.ga.ku.se.i.de.su.
我是來自台灣的學生。

Ⓐ よろしくお願いいたします。
ねが
yo.ro.shi.ku.o.ne.ga.i.i.ta.shi.ma.su.
請多多指教。

替換單字練習

● 大学生
だいがくせい
da.i.ga.ku.se.i.
大學生

● 院生
いんせい
i.n.se.i.
研究生

● 高校生
こうこうせい
ko.u.ko.u.se.i.
高中生

🎵 007

會話情境：向新朋友簡單的自我介紹

Ⓐ ○○です。 よろしくお願いします。
○.○.de.su./yo.ro.shi.ku.o.ne.ga.i.shi.ma.su.
我叫○○，請多指教唷。

Ⓑ こちらこそよろしくお願いします。
ko.chi.ra.ko.so.yo.ro.shi.ku.o.ne.ga.i.shi.ma.su.
請您多多指教。

會話情境：介紹在場的 A 小姐與 B 小姐時

Ⓒ こちらはＡさんです。 こちらはＢさんです。
ko.chi.ra.wa.A.sa.n.de.su./ko.chi.ra.wa.B.sa.n.de.su.
這位是A小姐，這位是B小姐。

Ⓐ はじめまして。 Ａです。
ha.ji.me.ma.shi.te./A.de.su.
初次見面我是A，請多多指教。

Ⓑ Ｂです。 よろしくお願いします。
B.de.su./yo.ro.shi.ku.o.ne.ga.i.shi.ma.su.
我是B，請多多指教。

Ⓐ あなたは学生ですか？

a.na.ta.wa.ga.ku.se.i de.su.ka.

你是學生嗎？

Ⓑ はい。そうです。Aさんは？

ha.i./so.u.de.su./A.sa.n.wa.

是的，沒錯，那A呢？

Ⓐ 私も学生です。Bさんの国はどこですか？

wa.ta.shi.mo.ga.ku.se.i.de.su./B.sa.n.no.ku.ni wa.do.ko.de.su.ka.

我也是學生，B的國家在哪裡呢？

Ⓑ アメリカです。Aさんは？

a.me.ri.ka.de.su./A.sa.n.wa.

是美國，A呢？

Ⓐ 台湾です。

ta.i.wa.n.de.su.

台灣。

🎧 008

─○ 小知識 ○─

不管是英文或是中文，對於男性和女性的稱呼，
最常見到的就是稱呼他人為先生或是小姐，我們
一聽就知道性別，但是在日本的話不論男性或是
女性都是用「さん」來作禮貌性的稱呼，所以當
聽見別人在談論你不認識的人，例如"佐藤さん"
(諧音：佐藤桑)的時候，還是要從後面的名字或

是看本人才能判別是佐藤小姐還是佐藤先生。另外對好友、晚輩或是與對方非常熟時，還可以用以下親密稱呼判別性別，對男生可以用「君」、對女生可以用「ちゃん」，例如：

A：優ちゃん、どこへ行く？

　　yu.u.cha.n./do.ko.e.i.ku.

　　小優，你要去哪裡呀？

B：佐藤君の店に行く。

　　sa.to.u.ku.n.no.mi.se.ni.i.ku.

　　我要去佐藤君的店。

「～ちゃん(cha.n.)」是日本人常用的稱呼，甚至可以用到貓狗身上，例如「ワンちゃん(wa.n.cha.n.)」、「ミーちゃん(mi.i.cha.n.)」，在口氣上就像是我們看到狗時叫牠「汪汪」、看當貓叫牠「喵喵」一樣。

→打招呼的實用短句

說明 以下的招呼語，是在日本日常生活中常出現的語句。

。**常用短句**。　　　　　　　　　🎧 008

例 おはようございます。
o.ha.yo.u.go.za.i.ma.su.
早安。

例 こんにちは。
ko.n.ni.chi.wa.
（白天時）您好。

例 こんばんは。
ko.n.ba.n.wa.
（晚上時）您好。

例 お休みなさい。
o.ya.su.mi.na.sa.i.
晚安。

🎵 009

會話情境：兩人打招呼，詢問對方要去哪裡

Ⓐ こんにちは。
ko.n.ni.chi.wa.
您好。

Ⓑ こんにちは。いい天気ですね。
ko.n.ni.chi.wa./i.i.te.n.ki.de.su.ne.
您好，天氣真好啊。

Ⓐ そうですね。お出かけですか？
so.u.de.su.ne./o.de.ka.ke.de.su.ka.
對啊。您要出門嗎？

Ⓑ ええ、ちょっと買い物に。
e.e./cho.tto.ka.i.mo.no.ni.
是呀，我去買點東西。

替換單字練習

● 学校
ga.kko.u.
學校

● 病院
byo.u.i.n.
醫院

● 図書館
to.sho.ka.n.
圖書館

- 公園
  ko.u.e.n,
  公園

- コンビニ
  ko.n.bi.ni.
  便利超商

- スポーツジム
  su.po.o.tsu.ji.mu.
  健身房

🎧 010

【會話情境】·早上遇見鄰居時

Ⓐ おはようございます。
o.ha.yo.u.go.za.i.ma.su.
早安！

Ⓑ おはようございます。いい天気ですね。
o.ha.yo.u.go.za.i.ma.su./i.i.te.n.ki.de.su.ne.
早安，天氣真好耶。

Ⓐ そうですね。暖かくなりました。
so.u.de.su.ne./a.ta.ta.ka.ku.na.ri.ma.shi.ta.
對呀，變暖活了。

毎日會發生的事：日常生活篇

∘小知識∘

台灣人最常用的問候語句就是「你吃飯了嗎？」，但是這句話照翻成日文來問候日本人的話，日本人會滿腦子疑問覺得「你是要約我吃飯嗎？」。早期的日本是以農漁立國，大家都很關心天氣的變化，因為天氣的好壞會影響作物的收穫量，所以日本人是不用「吃飽沒？」來當作問候語，反而是比較常用天氣或是溫度來當話題，而且日本在書信中也多以天氣如何等作為一個開場問候語。

→問候時用的寒暄語句

說明 日本人常用的寒暄語句，就像是碰到熟人的時候，會怎樣用日文表達關切之意，請參考以下對話。

🔊 010

會話情境：對長輩的客氣用法

A お久しぶりです。お元気でしたか？
o.hi.sa.shi.bu.ri.de.su./o.ge.n.ki.de.shi.ta.ka.
好久不見。您過的好嗎？

B はい、おかげさまで。
ha.i/o.ka.ge.sa.ma de.
託您的福，我過的很好。

🔊 011

會話情境：碰到許久沒見的好朋友

A B さん、しばらくでしたね。
B.sa.n./shi.ba.ra.ku.de.shi.ta.ne.
B先生，好久不見。

B ええ、お元気でしたか？
e.e./o.ge.n.ki.de.shi.ta.ka.
對呀，你過的好吧？

A お陰様で、A さんは？
o.ka.ge.sa.ma.de./A.sa.n.wa.
託您的福，A你呢？

B 相変わらず元気にやっています。

a.i.ka.wa.ra.zu.ge.n.ki.ni.ya.tte.i.ma.su.

跟以前一樣過得很好。

會話情境：離開時，問候第三人

A そろそろ帰りましょう。

so.ro.so.ro.ka.e.ri.ma.sho.u

準備回家吧！

B そうですね。

so.u.de.su.ne.

好呀。

A おばさんによろしく伝えてください。

o.ba.sa.n.ni.yo.ro.shi.ku.tsu.ta.e.te.ku.da.sa.i.

幫我跟阿姨問好。

替換單字練習　　　🎵 011

● おばあさん o.ba.a.sa.n. 婆婆／奶奶
● おじさん o.ji.sa.n. 叔叔
● おじいさん o.ji.i.sa.n. 公公／爺爺

∘ 小知識 ∘

想必各位讀者很常用「歐吉桑」和「歐巴桑」來
形容中年男女，這「歐吉桑」和「歐巴桑」的發
音是由日語演變而來，但是要注意若是讀成「歐
吉一桑」和「歐巴阿桑」這種拉長「一」與
「阿」聲音的念法的話，可是變成形容上了年紀
的「老公公」與「老婆婆」的意思了！稱呼隔壁
的阿姨叫老婆婆是非常失禮而且也會招人白眼的
事情，所以各位讀者可以利用本書所附的MP3聽
聽看日本人是如何發「歐古桑」與「歐吉一桑」
的音。

→冷場時可用的話題

說明 當與對方突然沒有話題時該怎麼辦呢？除了問對方都在做什麼以外，還可以用什麼來製造話題，請參考例句及會話情境。

◦ 常用短句 ◦　　　　　　　　**MP3** 012

例 ○○は最近、何をやっていますか？

○.○.wa.sa.i.ki.n./.na.ni.o.ya.tte.i.ma.su.ka.

○○最近在幹什麼呀？

例 ところで、○○も元気？

to.ko.ro.de./○.○.mo.ge.n.ki.

對了，○○最近也好嗎？

例 今日はいい天気ですね。

kyo.u.wa.i.i.te.n.ki.de.su.ne.

今天天氣真好耶。（日本人常用天氣當話題）

MP3 012

會話情境：與朋友聊天，遇到沒話題時

Ⓐ 久しぶり。皆元気ですか？

hi.sa.shi.bu.ri./mi.na.ge.n.ki.de.su.ka.

好久不見！大家都好嗎？

Ⓑ お陰様で、元気です。

o.ka.ge.sa.ma.de./ge.n.ki.de.su.

託您的福，大家都很好。

Ⓐ それは よかった ですね。

so.re.wa.yo.ka.tta.de.su.ne.

那真是太好了。

Ⓑ …（尷尬中）

そう、〇.〇.は最近、何をやっていますか？

so.u./〇.〇.wa.sa.i.ki.n./.na.ni.o.ya.tte.i.ma.su.ka.

對了，〇〇最近在做什麼呀？

替換單字練習　　　　MP3 013

● お兄さん
o.ni.i.sa.n
哥哥

● お姉さん
o.ne.e.sa.n.
姊姊

● 弟さん
o.to.u.to.sa.n.
弟弟

會話情境：與不熟的朋友聊天

Ⓐ 最近、何をやっているの？
sa.i.ki.n./na.ni.o.ya.tte.i.ru.no.
最近都在做什麼呀？

B 別に何もやっていないよ。

be.tsu.ni.na.ni.mo.ya.tte.i.na.i.yo.

也沒特別做什麼啦。

A ……（尷尬中）

ところで、奈奈も元気？

to.ko.ro.de./na.na.mo.ge.n.ki.

對了，奈奈也過得好嗎？

會話情境：在公園散步遇到鄰居等微妙關係的人

A 先日はどうも。

se.n.ji.tsu.wa.do.u.mo.

前些日子真是謝謝您。

B いいえ、こちらこそどうも。

i.i.e./ko.chi.ra.ko.so.do.u.mo.

不是不是，是我才該跟您道謝。

A ……（尷尬中）

今日はいい天気ですね。

kyo.u.wa.i.i.te.n.ki.de.su.ne.

今天天氣真好耶。

替換單字練習

● 寒い

sa.mu.i.

好冷

- 風が強い
ka.ze.ga.tsu.yo.i
風好大

- 雨
a.me.
雨天

🎵 014

─○小知識○─

應該大家都很常看到「大丈夫」這個日文單字，其單字來源於中國，將單字分開解析的話「丈」在日本是代表長度而「1丈＝3.3米」，古時候成年男子的身高平均為1.7米，言下之意隱喻為比一般男生還強壯的意思；「夫」則代表男性，在中國男子可稱「丈夫」，若是文武雙全、才華出眾的男性還可以自稱為「大丈夫」，所以流傳到日本後，在古代以男性為天的日本文化下，其語意則演變成頂天立地的男子漢，非常強壯、堅固、不會出差錯等止向涵意，讀者可以參考以下例句：

A：あなた、大丈夫ですか？

你不要緊吧？

B：大丈夫です。

我沒事，不要緊的。

→拜訪友人家時的常用句

說明 日本人拜訪別人家時常用的語句。

MP3 014

會話情境：拜訪別人家時

A ごめんください。

go.me.n.ku.da.sa.i.

有人在家嗎？

B はい、どなたでしょうか？

ha.i./do.na.ta.de.sho.u.ka.

請問您是哪位？

A ○○です。○○さんはいらっしゃいます
でしょうか？

O.O.de.su./O.O.sa.n.wa.i.ra.ssha.i.ma.su.de.
sho.u.ka.

我是○○，○○在嗎？

B ええ、おります。どうぞお上がり下さい。

e.e./o.ri.ma.su./do.u.zo.o.a.ga.ri.ku.da.sa.i.

在，請您上來。

A では、失礼します。

de.wa./shi.tsu.re.i.shi.ma.su.

那我就打擾了。

B コーヒーを入れてきますね。

ko.o.hi.i.o.i.re.te.ki.ma.su.ne.

我去泡咖啡唷。

Ⓐ どうぞ、お気遣いなく。

do.u.zo./o.ki.zu.ka.i.na.ku.

您不用客氣。

替換單字練習　　　　　 MP3 014

● 紅茶
ko.u.cha.
紅茶

● ウーロン茶
u.u.ro.n.cha.
烏龍茶

● ココア
ko.ko.a.
可可

● ミルクティー
mi.ru.ku.ti.i
奶茶

會話情境：拜訪完後準備要離開時

Ⓐ だいぶ長くお邪魔しましたから、

da.i.bu.na.ga.ku.o.ja.ma.shi.ma.shi.ta.ka.ra.

因為已經打擾您很久了，

そろそろ失礼します。

so.ro.so.ro.shi.tsu.re.i.shi.ma.su.

我也該準備回家了。

B まだ早いでしょう。

ma.da.ha.ya.i.de.sho.u.

還很早吧。

昼ご飯をごいっしょにいかがですか？

hi.ru.go.ha.n.o.go.i.ssho.ni.i.ka.ga.de.su.ka.

要不要一起吃個中飯呢？

A 気持ちは有難いですが、

ki.mo.chi.wa.a.ri.ga.ta.i.de.su.ga.

很感謝您的心意，

これから用があるので。

ko.re.ka.ra.yo.u.ga.a.ru.no.de.

但我等等還有事。

B そうですか？では、またお暇なときに
遊びにいらっしゃいね。

so.u.de.su.ka./de.wa./ma.ta.o.hi.ma.na.to.ki.ni.
a.so.bi.ni.i.ra.ssha.i.ne.

這樣呀，那等您有空的時候再來玩唷。

B はい、お邪魔しました。では失礼しま
す。

ha.i./o.ja.ma.shi.ma.shi.ta./de.wa.shi.tsu.re.i.shi.
ma.su.

好的，打擾您了，再見。

MP3 015

會話情境：去好朋友家玩

Ⓐ こんにちは。

ko.n.ni.chi.wa.

有人在家嗎？

Ⓑ やあ、奈奈！さあ、上がって。

ya.a./na.na./sa.a./a.ga.tte.

啊，是奈奈呀！進來呀。

Ⓐ お邪魔します。

o.ja.ma.shi.ma.su.

我打擾囉。

會話情境：表達自己一下就離開的時候

Ⓐ いらっしゃい。寒かったでしょう。

i.ra.ssha.i./sa.mu.ka.tta.de.sho.u.

歡迎來我家，很冷吧。

Ⓑ 遅くなってすみません。

o.so.ku.na.tte.su.mi.ma.se.n.

不好意思我來晚了。

Ⓐ どうぞ。お上がりください。

do.u.zo./o.a.ga.ri.ku.da.sa.i.

請進。

Ⓑ お邪魔します。

o.ja.ma.shi.ma.su.

打擾了。

Ⓐ ちょっとコーヒーを入れてきます。

cho.tto.ko.o.hi.i.o.i.re.te.ki.ma.su.

我去泡咖啡。

Ⓑ すぐ帰りますので、構わないでください。

su.gu.ka.e.ri.ma.su.no.de./ka.ma.wa.na.i.de.ku. da.sa.i.

我馬上就離開了，請不要費心。

Ⓑ これ、つまらないものですが、どうぞ。

ko.re./tsu.ma.ra.na.i.mo.no.de.su.ga./do.u.zo.

這個是小小心意，請您收下。

Ⓐ そんなに気を使わなくてもいいのに、

so.n.na.ni.ki.o.tsu.ka.wa.na.ku.te.mo.i.i.no.ni.

怎麼那麼客氣啦，

どうもすみません。

do.u.mo.su.mi.ma.se.n.

真是謝謝你。

─◦ 小知識 ◦─

日本文化分享～大家知道日文有名言叫作
「一期一会 (i.chi.go.i.chi.e.)」嗎？其語意是一生
只遇一次。「一期」是源自於佛教用語，語意為
人生從生到死這段期間；「一会」則為在辦法會
時所聚集的群眾。這在說每次相遇的機會都有可
能是一生的唯一一次，所以凡事請用心感受，好
好珍惜。

→形容天氣的常用句

説明 描述每日天氣情況時，常用的單字短句。

MP3 016

會話情境：轉述天氣報導

A 今日は雨だそうだよ。

kyo.u.wa.a.me.so.u.da.yo.

聽說今天是雨天唷。

B そうなの？今、こんなに天気がいいのに。

so.u.na.no./i.ma./ko.n.na.ni.te.n.ki.ga.i.i.no.ni.

是嗎？明明現在天氣還很好耶。

A しかも、大雨だって。

shi.ka.mo./o.o.a.me.da.tte.

而且還說會下大雨唷。

B じゃ、傘を持たなきゃ。

ja./ka.sa.o.mo.ta.na.kya.

那我得要帶傘。

替換單字練習

● レインコート
re.i.n.ko.o.to.
雨衣

● 雨具
a.ma.gu.
雨具

會話情境：敘述明天天氣

Ⓐ 明日の天気はどう？

a.shi.ta.no.te.n.ki.wa.do.u.

明天的天氣如何呢？

Ⓑ 明日の天気はよさそうだ。

a.shi.ta.no.te.n.ki.wa.yo.sa.so.u.da.

明天的天氣好像不錯。

替換單字練習　　　　　　　🎵 017

● 曇りそうだ
ku.mo.ri.so.u.da.
好像是陰天

● 晴れそうだ
ha.re.so.u.da.
好像會放晴。

● 雨が降りそうだ
a.me.ga.fu.ri.so.u.da.
好像是會下雨

會話情境：在夏天和朋友出去玩

Ⓐ 今日は暑いですね。

kyo.u.wa.a.tsu.i.de.su.ne.

今天真是熱呀。

B ええ、かき氷を食べに行きませんか？

e.e./ka.ki.go.o.ri.o.ta.be.ni i ki ma.se.n.ka.

對呀，要去吃刨冰嗎？

A いいですね。行きましょう。

i.i.de.su.ne./i.ki.ma.sho.u.

好耶，走吧。

会話情境：與友人在外面

A 寒いですね。

sa.mu.i.de.su.ne.

好冷唷。

B コートはいらない？

ko.o.to.wa.i.ra.na.i.

需要外套嗎？

─◦小知識◦─

日本工作文化

在工作上遞交名片時，要將名片朝反方向並用雙手拿給對方，而收到日本人遞的名片時不要馬上唸出上面的名字也不要馬上就收起來，最好可以放在桌子上，也可避免因臨時忘記對方姓名而出現的失禮情形。日本人的姓氏因為漢字的念法有很多種，為了避免念錯對方姓名等情況，還是先與對方確認後或是翻到名片背面，確認英文拼音在唸出對方姓氏，應可避免失禮行為。

→ 表達身體不適症狀

說明 碰到各種症狀不舒服時該怎麼表達？

🎵 018

會話情境：與朋友述說身體狀況

A どこか具合が悪いの？

do.ko.ka.gu.a.i.ga.wa.ru.i.no.

哪邊不舒服呢？

B ちょっと、のどが痛い。

cho.tto.no.do.ga.i.ta.i.

喉嚨有點痛。

A 大丈夫？

da.i.jo.u.bu.

你沒事吧？

B 大丈夫。もう薬を飲んだから。

da.i.jo.u.bu./mo.u.ku.su.ri.o.no.n.da.ka.ra.

沒事，我已經吃藥了

替換單字練習

● 頭

a.ta.ma

頭

- 胸
  むね
  mu.ne.
  胸口

- おなか
  o.na.ka.
  肚子

- 歯
  は
  ha.
  牙齒

🎧 019

會話情境：跟醫生述說身體狀況

Ⓐ どうしましたか？
　do.u.shi.ma.shi.ta.ka.
　你怎麼啦。

Ⓑ 皮膚が痒いんです。
　ひ ふ　　かゆ
　hi.fu.ga.ka.yu.i.n.de.su.
　我皮膚很癢。

Ⓐ 皮膚がだいぶ赤くなっていますね。
　ひ ふ　　　　あか
　hi.fu.ga.da.i.bu.a.ka.ku.na.tte.i.ma.su.ne.
　妳皮膚變的好紅唷。

Ⓑ 痒くて、寝られないんです。
　かゆ　　　ね
　ka.yu.ku.te./ne.ra.re.na.i.n.de.su.
　我皮膚癢到都睡不著覺。

Ⓐ 薬を飲んで、様子を見ましょう。

ku.su.ri.o.no.n.de./yo.u.su.o.mi.ma.sho.u.

先吃藥再看看狀況吧。

Ⓑ お願いします。

o.ne.ga.i.shi.ma.su.

麻煩您了。

會話情境：吃太多的時候

Ⓐ 胃が痛いんですが。

i.ga.i.ta.i.n.de.su.ga.

我的胃痛。

Ⓑ いつからですか？

i.tsu.ka.ra.de.su.ka.

從什麼時候開始的呢？

Ⓐ 昨日からです。

ki.no.u.ka.ra.de.su.

從昨天開始。

Ⓑ 昨日、何を食べましたか？

ki.no.u./na.ni.o.ta.be.ma.shi.ta.ka.

昨天吃了什麼呢？

Ⓐ 刺身を食べました。

sa.shi.mi.o.ta.be.ma.shi.ta.

我昨天吃了生魚片。

Ⓑ 下痢はしていますか？

ge.ri.wa.shi.te.i.ma.su.ka.

你有拉肚子嗎？

Ⓐ 下痢はしていませんが、吐き気はあります。

ge.ri.wa.shi.te.i.ma.se.n.ga./ha.ki.ke.wa.a.ri.ma.su.

我沒有拉肚子，但想要吐。

Ⓑ ここが痛いですか？

ko.ko.ga.i.ta.i.de.su.ka.

是這裡在痛嗎？

Ⓐ そこが痛いです。

so.ko.ga.i.ta.i.de.su.

是這裡在痛。

Ⓑ 食べ過ぎでしょう。

ta.be.su.gi.de.sho.u.

是吃太多了吧。

──── 小知識 ────

日本是個非常注重人際關係的國家，凡舉日常生活中每年的過年要寄給友人或是長輩的年賀卡、夏天時的暑期問候卡等，這些是普遍日本人會做的事。如果收到日本友人寄來的問候明信片時要記得回寄，以保持雙方良好的互動關係。

而過年、過節時所收到的禮物，也必須找個適當的機會回禮，回禮時禮物的價值最好要等同於你收到的禮物，以避免失禮。另外去朋友家玩的時候，多帶一個小蛋糕或是小禮物之類的送給對方，是在日本相當常見的事情。

PART 2

每日會發生的事：
校園職場生活實用短句

→提出邀約

說明 依雙方的輩份關係以及熟識度所使用的邀約方法有稍許不同，請試著練習以下句型，約約看你的日本友人吧！

MP3 020

○**常用短句**○ 邀請同學或是好友

例 一緒に映画を見に行かない？
i.ssho.ni.e.i.ga.o.mi.ni.i.ka.na.i.
要不要一起去看電影？

例 ご飯を食べに行かない？
go.ha.no.ta.be.ni.ka.na.i.
要不要去吃飯呢？

例 ネットカフェに行かない？
ne.tto.ka.fe.ni.i.ka.na.i.
要不要去網咖？

例 買い物しに行かない？
ka.i.mo.no.shi.ni.i.ka.na.i.
要不要去買東西？

例 飲みに行かない？
no.mi.ni.i.ka.na.i.
要不要去喝酒？

2 每日常發生的事·校園職場生活實用短句

045

◦常用短句◦ 邀請同事或是長輩

例 一緒に映画を見に行きませんか？
i.ssho.ni.e.i.ga.o.mi.ni.i.ki.ma.se.n.ka.
要不要一起去看電影？

例 ご飯を食べに行きませんか？
go.ha.no.ta.be.ni.i.ki.ma.se.n.ka.
要不要去吃飯？

例 一緒にゴルフに行きませんか？
i.ssho.ni.go.ru.fu.ni.i.ki.ma.se.n.ka.
要不要一起去打高爾夫球？

例 一緒にカラオケに行きませんか？
i.ssho.ni.ka.ra.o.ke.ni.i.ki.ma.se.n.ka.
要不要一起去唱歌？

例 飲みに行きませんか？
no.mi.ni.i.ki.ma.se.n.ka.
要不要去喝一杯？

🎵 021

會話情境：邀約朋友出去玩

Ⓐ 今日は予定がありますか？
kyo.u.wa.yo.te.i.ga.a.ri.ma.su.ka.
你今天有事嗎？

B 特にないですけど。

to.ku.ni.na.i.de.su.ke.do.

是沒有特別的事啦。

A じゃ、一緒にカラオケに行きませんか？

ja./i.ssho.ni.ka.ra.o.ke.ni.i.ki.ma.se.n.ka.

那要不要一起去唱歌呢？

B 私、カラオケが苦手なんですが。

wa.ta.shi./ka.ra.o.ke.ga.ni.ga.te.na.n.de.su.ga.

我不太會唱歌耶。

2 每日會發生的事：校園職場生活實用短句

→答應邀約

說明 介紹若被邀約的時候，表達自己也有意願
一起去的日語句型；日本依照與對方熟識程度或
是輩份關係而使用的語句不同，請參考以下對
話。

🎵 021

◦**常用短句**◦答應同學或是好友的邀約

例 いいよ。
i.i.yo.
好呀。

例 一緒に行こう。
i.ssho.ni.i.ko.u.
一起去吧。

🎵 022

◦**常用短句**◦答應同事或是長輩的邀約

例 いいですね。
i.i.de.su.ne.
好呀。

例 一緒に行きましょう。
i.ssho.ni.i.ki.ma.sho.u.
一起去吧。

會話情境：邀請同事去喝酒聊天

Ⓐ 一緒に飲みに行きませんか？
i.ssho.ni./no.mi.ni./i.ki.ma.se.n.ka.
要不要一起去喝一杯呀？

Ⓑ いいですね。飲みに行きましょう。
i.i.de.su.ne./no.mi.no.i.ki.ma.sho.u.
好呀，去喝吧。

會話情境：被好友用 APP 約出去玩時

Ⓐ 明日、暇？
a.shi.ta./hi.ma.
明天有空嗎？

Ⓑ 暇だよ。一緒に遊びに行こう。
hi.ma.da.yo./i.ssho.ni.a.so.bi.ni.i.ko.u.
有空呀。一起出去玩吧。

會話情境：邀約友人去看電影

Ⓐ 映画を見に行きませんか？
e.i.ga.o.mi.ni.i.ki.ma.se.n.ka.
要不要去看電影？

Ⓑ いいよ。一緒に行きましょう。
i.i.yo./i.ssho.ni.i.ki.ma.sho.u.
好呀！我們一起去看吧。

喔嗨優！日本人天天會用的
日語短句

會話情境：邀約友人來家裡玩

Ⓐ 今度の日曜日、空いていますか？
ko.n.do.no.ni.chi.yo.u.bi./a.i.te.i.ma.su.ka.
你這個禮拜日有空嗎？

Ⓑ 空いていますけど。
a.i.te.i.ma.su.ke.do.
我是有空呀。

Ⓐ よかったら、うちへ遊びに来ませんか？
yo.ka.tta.ra./u.chi.e.a.so.bi.ni.ki.ma.se.n.ka.
如果你願意的話，要不要來我家玩呢？

Ⓑ 本当！嬉しいわ。楽しみにしています。
ho.n.to.u./u.re.shi.i.wa./ta.no.shi.mi.ni.shi.te.i.
ma.su.
真的嗎！我好高興唷，真是期待。

🎵 022

─◦ **小知識** ◦─

在日本就連女生喜歡喝酒的比例都很高，酒對日
本人來說是社交必備的潤滑劑，而日本人喝酒的
習慣與台灣不一樣，因為文化的關係日本人通常
是不會主動替自己倒酒，而是互相替對方倒酒，
若有機會跟日本人喝酒吃飯的話，最好主動幫日
本人倒酒，不然日本人可是會不好意思自己幫自

己倒酒的唷。另外日本人也是相當避免喝酒開車
的違法行為，若是碰到愛喝酒的日本人想找你喝
酒，你只要表明自己開車來，通常日本人是不會
為難你要你喝酒，因為日本對酒駕可是罰的很
重，而「喝酒不開車，開車不喝酒」的日文是：
飲んだら乗るな、乗るなら飲むな。

no.n.da.ra.no.ru.na./no.ru.na.ra.no.mu.na.

2 每日會發生的事．校園職場生活實用短句

→謝絕邀約

說明 若被日本好友好意邀約時，要如何不傷對方的心意，表達自己因為有事不能夠去的句型呢？

○**常用短句**○　　　　　　🎵 023

例 先約があって。
se.n.ya.ku.ga.a.tte.
我已經有約了。

例 ごめん、今日はちょっと…。
go.me.n./kyo.u.wa.cho.tto.
對不起，我今天剛好有事。

例 今日はちょっと都合が悪いんで。
kyo.u.wa.cho.tto.tsu.go.u.ga.wa.ru.i.n.de.
我今天剛好不太方便耶。

例 ぜひまた誘ってください。
ze.hi.ma.ta.sa.so.tte.ku.da.sa.i.
務必請您再約我。

例 また今度一緒に行きましょう。
ma.ta.ko.n.do.i.ssho.ni.i.ki.ma.sho.u.
下次我們再一起去。

會話情境：被好友邀約

Ⓐ 今日、飲みに行かない？

kyo.u./no.mi.ni.i.ka.na.i.

今天要不要去喝一杯？

Ⓑ 今日は先約があって。

kyo.u.wa.se.n.ya.ku.ga.a.tte.

我已經有約了耶。

Ⓐ また今度一緒に行こう。

ma.ta.ko.n.do.i.ssho.ni.i.ko.u.

下次我們再一起去。

會話情境：被好友邀約看電影

Ⓐ 映画を見に行かない？

e.i.ga.o.mi.ni.i.ka.na.i.

要去看電影嗎？

Ⓑ ごめん、今日はちょっと…。

go.me.n./kyo.u.wa.cho.tto.

對不起，我今天剛好有事。

Ⓐ じゃ、また今度にしようか？

ja/ma.ta.ko.n.do.ni.shi.yo.u.ka.

那我們再約下次吧。

2 每日會發生的事！校園職場生活實用短句

Ⓑ いいですね。

i.i.de.su.ne.

好呀。

會話情境：邀請同事或是友人等

Ⓐ 飲みに行きませんか？

no.mi.ni.i.ki.ma.se.n.ka.

要不要去喝一杯？

Ⓑ 今日はちょっと都合が悪いんで。

kyo.u.wa.cho.tto.tsu.go.u.ga.wa.ru.i.n.de.

我今天剛好不太方便耶。

Ⓐ そうなんですか？残念ですね。

so.u.na.n.de.su.ka./za.n.ne.n.de.su.ne.

這樣啊，真可惜。

Ⓑ ぜひまた誘ってください。

ze.hi.ma.ta.sa.so.tte.ku.da.sa.i.

務必請您再約我。

🎵 025

會話情境：被朋友邀約去買東西

Ⓐ 一緒に買い物に行きませんか？

i.ssho.ni.ka.i.mo.no.ni.i.ki.ma.se.n.ka.

要不要一起去買東西呀？

Ⓑ 行きたいんですけど、

i.ki.ta.i.n.de.su.ke.do.

我是很想去，

ちょっと先約があるんですが。

cho.tto.se.n ya ku ga.a.ru.n.de.su.ga.

但是我已經有約了耶。

Ⓐ そうですか、残念ですね。

so.u.de.su.ka./za.n.ne.n.de.su.ne.

是喑，真可惜。

では、またにしましょうか？

de.wa/ma.ta.ni.shi.ma.sho.u.ka.

那下次去吧。

Ⓑ ぜひまた誘ってください。

ze.hi.ma.ta.sa.so.tte.ku.da.sa.i.

請你一定要再約找。

─◦ 小知識 ◦─

日語單字中的「四六時中(shi.ro.ku.ji.chu.u.)」是在說四點還是六點呢？其實都不是！「四六時中」是指 24 小時全天的意思。江戶時期是用「二六時中(ni.ro.ku.ji.chu.u.)」天干地支 12 支代表全天，2×6=12。但配合現在的 24 小時，所以就演變成「四六時中」，4×6=24。

→表達時間

說明 時間方面的問句是日常生活中常用的句型，請試著用以下時間單字，代入各句型中練習。

🎵 026

會話情境：向朋友詢問時間

A 今何時ですか？

i.ma.na.n.ji.de.su.ka.

現在是幾點？

B 九時十分です

ku.ji.ju.ppu.n.de.su.

九點十分。

◦**常用短句**◦

例 九時半です。

ku.ji.ha.n.de.su.

九點半。

例 もうすぐ九時です。

mo.u.su.gu.ku.ji.de.su.

快九點了。

例 九時過ぎです。

ku.ji.su.gi.de.su.

九點多了。

會話情境：搭巴士

Ⓐ バスはいつ来ますか？

ba.su.wa.i.tsu.ki.ma.su.ka.

巴士什麼時候會到呀？

Ⓑ 三時二十五分に来るらしいです。

sa.n.ji.ni.ju.u.go.fu.n.ni.ku.ru.ra.shi.i.de.su.

好像是三點二十五分會來。

替換單字練習　　　　　🎧 027

- 一時
  i.chi.ji.
  一點

- 二時
  ni.ji.
  二點

- 三時
  sa.n.ji.
  三點

- 四時
  yo.ji.
  四點

- 五時
  go.ji.
  五點

- 七時
  shi.chi.ji.
  七點

- 八時
  ha.chi.ji.
  八點

- 九時
  ku.ji.
  九點

- 十時
  ju.u.ji.
  十點

- 十一時
  ju.u.i.chi.ji.
  十一點

- 十二時
  ju.u.ni.ji.
  十二點

替換單字練習　🎵 027

- 十分
  ju.ppu.n.
  十分

- 十五分
じゅうごふん
ju.u.go.fu.n.
十五分

- 二十分
にじゅっぷん
ni.ju.ppu.n.
二十分

🎵 028

- 二十五分
にじゅうごふん
ni.ju.u.go.fu.n.
二十五分

- 三十分
さんじゅっぷん
sa.n.ju.ppu.n.
三十分

- 三十五分
さんじゅうごふん
sa.n.ju.u.go.fu.n.
三十五分

- 四十分
よんじゅっぷん
yo.n.ju.ppu.n.
四十分

- 四十五分
よんじゅうごふん
yo.n.ju.u.go.fu.n.
四十五分

- 五十分
ごじゅっぷん
go.ju.ppu.n.
五十分

● 五十五分 (ごじゅうごふん)

go.ju.u.go.fu.n.

五十五分

─○小知識○─

大家知道日語中「二枚目」(にまいめ)代表的是美男子、帥哥的意思嗎？其來源是從日本歌舞劇掛的八塊看板演變而來，第一塊掛的是最具人氣的男主角，日文是「一枚看板」(いちまいかんばん)；第二塊就是秀氣的男子畫像看板，日語叫「二枚目」(にまいめ)；第三塊「三枚目」(さんまいめ)就類似搞笑演員；第四塊看板「四枚目」(よんまいめ)類似第二主角；第五塊看板「五枚目」(ごまいめ)敵人角色；第六塊看板「六枚目」(ろくまいめ)看似朋友，但其實是敵人；第七塊看板「七枚目」(ななまいめ)極惡的壞人角色；第八塊看板「八枚目」(はちまいめ)團長、頭頭、院長等代表人。

あの二枚目(にまいめ)の人(ひと)は私(わたし)の好(この)みじゃないです。

a.no.ni.ma.i.me.no.hi.to.wa.wa.ta.shi.no.ko.no.mi.ja.na.i.de.su.

那帥哥不是我的菜。

→ 表達日期

說明 日期方面的問句是日常生活中最常出現的句型，請試著用以下日期單字，代入例句裡練習。

MP3 029

會話情境：詢問朋友生日

Ⓐ お誕生日はいつですか？
o.ta.n.jo.u.bi.wa.i.tsu.de.su.ka.
你生日是什麼時候？

Ⓑ 六月十日です。
ro.ku.ga.tsu.to.o.ka.de.su.
六月十號。

會話情境：向朋友詢問討厭的事情何時結束

Ⓐ これ、いつ終わるの？
ko.re./i.tsu.o.wa.ru.no.
這個什麼時候結束？

Ⓑ 五月十四日だよ。
go.ga.tsu.ju.u.yo.kka.da.yo.
到五月十四日唷。

Ⓐ あと二ヶ月もあるね。
a.to.ni.ka.ge.tsu.mo.a.ru.ne.
還有兩個月耶。

Ｂ もう少し我慢しよう。

mo.u.su.ko.shi.ga.ma.n.shi.yo.u.

再忍耐一下吧。

會話情境：向同事詢問今天幾號

Ａ 今日は何日ですか？

kyo.u.wa.na.n.ni.chi.de.su.ka.

今天幾月幾日？

Ｂ 今日は四月二十二日です。

kyo.u.wa.shi.ga.tsu.ni.ju.u.ni.ni.chi.de.su.

今天四月二十二日。

Ａ 土曜日ですね。

do.yo.u.bi.de.su.ne.

是禮拜六嗎？

Ｂ そうです。

so.u.de.su.

是的。

MP3 030

會話情境：：與同事確認開會時間

Ａ 今度の会議はいつですか？

ko.n.do.no.ka.i.gi.wa.i.tsu.de.su.ka.

下次的會議是什麼時候？

Ⓑ 五月一日です。

go.ga.tsu.tsu.i ta chi de.su.

五月一日。

Ⓐ あいにくその日は出張がありますが。

a.i.ni.ku.so.no.hi.wa.shu.ccho.u.ga.a.ri.ma.su.
ga.

那天恰巧要出差。

會話情境：跟朋友討論生日禮物要送什麼

Ⓐ 明後日は奈奈の誕生日ですね。

a.sa.tte.wa.na.na.no ta.n.jo.u.bi.de.su.ne.

後天是奈奈的生日耶。

Ⓑ 明後日は何日でしたっけ。

a.sa.tte.wa.na.n.ni.chi.de.shi.ta.kke.

後天是幾號呀？

Ⓐ 二十日です。

ha.tsu.ka.de.su.

二十號。

Ⓑ そうですか？奈奈に何をあげますか？

so.u.de.su.ka./na.na.ni.na.ni.o.a.ge.ma.su.ka.

是唷，你要送給奈奈什麼呀？

Ⓐ まだ分からないですね。

ma.da.wa.ka.ra.na.i.de.su.ne.

我還不知道耶。

Ⓑ じゃ、一緒に化粧品を買ってあげましょうか？

ja./i.ssho.ni.ke.sho.u.hi.n.o.ka.tte.a.ge.ma.sho.u.ka.

那我們一起買化妝品給她吧？

Ⓐ いいですね。

i.i.de.su.ne.

好呀。

替換單字練習　　　　　　　　MP3 031

- 一月
  i.chi.ga.tsu.
  一月

- 二月
  ni.ga.tsu.
  二月

- 三月
  sa.n.ga.tsu.
  三月

- 四月
  shi.ga.tsu.
  四月

- 五月
  go.ga.tsu.
  五月

- <ruby>六月<rt>ろくがつ</rt></ruby>

  ro.ku.ga.tsu.

  六月

- <ruby>七月<rt>しちがつ</rt></ruby>

  shi.chi.ga.tsu.

  七月

- <ruby>八月<rt>はちがつ</rt></ruby>

  ha.chi.ga.tsu.

  八月

- <ruby>九月<rt>くがつ</rt></ruby>

  ku.ga.tsu.

  九月

- <ruby>十月<rt>じゅうがつ</rt></ruby>

  ju.u.ga.tsu.

  十月

- <ruby>十一月<rt>じゅういちがつ</rt></ruby>

  ju.u.i.chi.ga.tsu.

  十一月

- <ruby>十二月<rt>じゅうにがつ</rt></ruby>

  ju.u.ni.ga.tsu.

  十二月

2 每日會發生的事‧校園職場生活實用短句

替換單字練習

- ついたち
  一日
  tsu.i.ta.chi.
  一號

- ふつか
  二日
  fu.tsu.ka.
  二號

- みっか
  三日
  mi.kka.
  三號

- よっか
  四日
  yo.kka.
  四號

- いつか
  五日
  i.tsu.ka.
  五號

- むいか
  六日
  mu.i.ka.
  六號

- なのか
  七日
  na.no.ka.
  七號

- ようか
  八日
  yo.u.ka.
  八號

- 九日<ruby>九日<rt>ここのか</rt></ruby>
  ko.ko.no.ka.
  九號

- 十日<ruby>十日<rt>とおか</rt></ruby>
  to.o.ka.
  十號

- 十四日<ruby>十四日<rt>じゅうよっか</rt></ruby>
  ju.u.yo.kka.
  十四號

- 二十日<ruby>二十日<rt>はつか</rt></ruby>
  ha.tsu.ka.
  二十號

替換單字練習 🎧 033

- おひつじ座 (3/21～4/19生まれ)
  o.hi.tsu.ji.za.
  牡羊座

- おうし座 (4/20～5/20生まれ)
  o.u.shi.za.
  金牛座

- ふたご座 (5/21～6/21生まれ)
  fu.ta.go.za.
  雙子座

- かに座 (6/22～7/22生まれ)
  ka.ni.za.
  巨蟹座

- しし座（7/23～8/22生まれ）
  shi.shi.za.
  獅子座

- おとめ座（8/23～9/22生まれ）
  o.to.me.za.
  處女座

- てんびん座（9/23～10/23生まれ）
  te.n.bi.n.za.
  天秤座

- さそり座（10/24～11/22生まれ）
  sa.so.ri.za.
  天蠍座

- いて座（11/23～12/21生まれ）
  i.te.za.
  射手座

- やぎ座（12/22～1/19生まれ）
  ya.gi.za.
  摩羯座

- みずがめ座（1/20～2/18生まれ）
  mi.zu.ga.me.za.
  水瓶座

- うお座（2/19～3/20生まれ）
  u.o.za
  雙魚座

→表達星期

說明 星期方面的問句是日常生活中常出現的句型，請試著用以下日期單字代入例句裡。

MP3 034

會話情境：想請朋友陪伴出去辦事

Ⓐ 今週の水曜日は予定がありますか？

ko.n.shu.u.no.su.i.yo.u.bi.wa.yo.te.i.ga.a.ri.ma.su.ka.

這禮拜三你有事嗎？

Ⓑ 予定がないですけど。

yo.te.i.ga.na.i.de.su.ke.do.

我是沒事呀。

Ⓐ ちょっと行きたい所があるんですけど、付き合ってくれませんか？

cho.tto.i.ki.ta.i.to.ko.ro.ga.a.ru.n.de.su.ke.do./tsu.ki.a.tte.ku.re.ma.se.n.ka.

我有想去的地方，你可以陪我去嗎？

Ⓑ ええ、いいですよ。何時にしますか？

e.e./i.i.de.su.yo./na.n.ji.ni.shi.ma.su.ka.

嗯，好呀。幾點去呢？

Ⓐ 三時にしましょう。

sa.n.ji.ni.shi.ma.sho.u.

約三點吧。

B じゃ、いつもの場所で待ち合わせましょう。

ja./i.tsu.mo.no.ba.sho.de.ma.chi.a.wa.se.ma.sho.u.

那就約老地方見吧。

🎵 035

會話情境：剛搬新家向鄰居詢問回收垃圾的日子

A こんにちは。

ko.n.ni.chi.wa.

您好。

B こんにちは。

ko.n.ni.chi.wa.

您好。

A あのう、すみません。今日は資源ごみの日ですか？

a.no.u./su.mi.ma.se.n./kyo.u.wa.shi.ge.n.go.mi.no.hi.de.su.ka.

不好意思，請問今天有資源回收嗎？

B 資源ごみの日は火曜日と金曜日だけです。

shi.ge.n.go.mi.no.hi.wa./ka.yo.u.bi.to.ki.n.yo.u.bi.da.ke.de.su.

資源回收日只在星期二與星期五。

Ⓐ そうですか？分かりました。ありがとう
ございます。

so.u.de.su.ka./wa.ka.ri.ma.shi.ta./a.ri.ga.to.u.go.
za.i.ma.su.

是嗎。我知道囉，謝謝。

|會|話|情|境|：與朋友確定星期幾

Ⓐ 来週の成人式は何曜日ですか？

ru.i.shu.u.no.se.i.ji.n.shi.ki.wa.na.n.yo.u.bi.de.
su.ka.

下禮拜的成人節是禮拜幾呢？

Ⓑ 月曜日に決まっているでしょう。

ge.tsu.yo.u.bi.ni.ki.ma.tte.i.ru.de.sho.u.

當然是禮拜一呀。

|替|換|單|字|練|習|

● 月曜日
ge.tsu.yo.u.bi.
星期一

● 火曜日
ka.yo.u.bi.
星期二

● 水曜日
su.i.yo.u.bi.
星期三

喔嗨優！ 日本人天天會用的
日語短句

- ### 木曜日
  もくようび
  mo.ku.yo.u.bi.
  星期四

- ### 金曜日
  きんようび
  ki.n.yo.u.bi.
  星期五

- ### 土曜日
  どようび
  do.yo.u.bi.
  星期六

- ### 日曜日
  にちようび
  ni.chi.yo.u.bi.
  星期日

036

- ### 去年
  きょねん
  kyo.ne.n.
  去年

- ### 一昨年
  おととし
  o.to.to.shi.
  前年

- ### 今年
  ことし
  ko.to.shi
  今年

- 来年
  <ruby>来年<rt>らいねん</rt></ruby>
  ra.i.ne.n.
  明年

- 先月
  <ruby>先月<rt>せんげつ</rt></ruby>
  se.n.ge.tsu
  上個月

- 今月
  <ruby>今月<rt>こんげつ</rt></ruby>
  ko.n.ge.tsu.
  這個月

- 来月
  <ruby>来月<rt>らいげつ</rt></ruby>
  ra.i.ge.tsu.
  下個月

- 先週
  <ruby>先週<rt>せんしゅう</rt></ruby>
  se.n.shu.u.
  上週

- 今週
  <ruby>今週<rt>こんしゅう</rt></ruby>
  ko.n.shu.u.
  這週

- 来週
  <ruby>来週<rt>らいしゅう</rt></ruby>
  ra.i.shu.u.
  下週

2 每日會發生的事：校園職場生活實用短句

○∘ 小知識 ∘○

在日本成人節是個重要的節日，每年一月的第二
個星期一，年滿二十歲的男女，會穿上正式服裝
參加由地方政府所舉辦的成人節儀式，此節日是
告知年滿二十歲的青年男女即將從踏上人生另外
一個階段進入成人的世界，他們就可以合法的抽
菸、喝酒享受大人的世界，同時也必須為自己的
行為負責，如果做錯事情時也不會因為未成年而
得到大家或是法律上的寬恕。

→提出疑問

說明 當遇到不懂的事情，或是想了解原因理由時該怎麼用日語表達呢？請參考以下句型。

◦常◦用◦短◦句◦　　　　　　　　　　🎧 037

⑩ なんで？
na.n.de.
為什麼？

⑩ どうしたの？
do.u.shi.ta.no.
怎麼了呢？

⑩ どういう意味ですか？
do.u.i.u.i.mi.de.su.ka.
什麼意思？

⑩ どうしてですか？
do.u.shi.te.de.su.ka.
為什麼這樣？

⑩ これは何ですか？
ko.re.wa.na.n.de.su.ka.
這個是什麼呀？

⑩ どういうふうに使いますか？
do.u.i.u.fu.u.ni.tsu.ka.i.ma.su.ka.
要怎麼使用呀？

例 これ、教えてもらってもいいですか？

ko.re.o.shi.e.te.mo.ra.tte.mo.i.i.de.su.ka.

這個，你可以教我嗎？

🎤 037

會話情境：小孩向媽媽講不想去學校的原因

Ⓐ 学校行きたくないなぁ。

ga.kko.u.i.ki.ta.ku.na.i.na.a.

我好不想去學校唷。

Ⓑ なんで？

na.n.de.

為什麼？

Ⓐ 先生が怖いから。

se.n.se.i.ga.ko.wa.i.ka.ra.

因為老師很兇。

會話情境：向家人抱怨上司

Ⓐ ただいま。

ta.da.i.ma.

我回家囉。

Ⓑ お帰りなさい。

o.ka.e.ri.na.sa.i.

你回來啦。

Ⓐ 気分が悪い。倒れそうだ。

ki.bu.n.ga.wa.ru.i./ta.o.re.so.u.da

真是不舒服,我快昏倒了。

Ⓑ いったいどうしたの?

i.tta.i.do.u.shi.ta.no.

你到底怎麼了呢?

Ⓐ 部長に誘われて、飲みに行ったんだ。

bu.cho.u.ni.sa.so.wa.re.te./no.mi.ni.i.tta.n.da.

我被部長找去喝酒。

Ⓑ 大変だね。

ta.i.he.n.da.ne.

真是ㄣ苦你了。

🔊 038

會話情境:看到日本特有的東西時

Ⓐ これは何ですか?

ko.re.wa.na.n.de.su.ka.

這個是什麼呀?

Ⓑ これは日本の急須です。

ko.re.wa.ni.ho.n.no.kyu.su.de.su.

這是日本的茶壺。

Ⓐ 台湾のと違いますね。

ta.i.wa.n. no.to.chi.ga.i.ma.su.na.

和台灣的茶壺不太一樣耶。

會話情境：讀日本書時遇到不懂的地方

A この辺は難しいです。

ko.no.he.n.wa.mu.zu.ka.shi.i.de.su.

這部分好難唷。

B ちょっと見せてください。

cho.tto.mi.se.te.ku.da.sa.i.

請讓我看看。

A この辺の意味、よくわからないので、

ko.no.he.n.no.i.mi./yo.ku.wa.ka.ra.na.i.no.de.

這邊的意思我不太了解，

説明してもらってもいいですか？

se.tsu.me.i.shi.te.mo.ra.tte.mo.i.i.de.su.ka.

你可以跟我說明一下嗎？

小知識

在日本的文化裡是非常重視長幼有序的觀念，例如遇到長輩要用敬語，就算是只差1～2歲也是有上下輩份的區分，常看到日本綜藝節目上長輩演員打晚輩演員的頭或是開他們的玩笑，晚輩也只能笑臉迎接，在日本與長輩說話，不使用敬語會被視為很沒有教養的人，如同韓文一樣重視敬語的使用方式，學習過程可能會覺得很麻煩，但這也是日本文化之美的地方。

→懷疑問句

說明 當對別人講的話保持懷疑狀況時，日語要如何表達呢？請參考以下對話。

◦ 常 用 短 句 ◦　　　　　　　　 🎵 039

例 そうかなあ？
so.u.ka.na.a.
是這樣嗎？

例 本当かなあ？
ho.n.to.u.ka.a.
真的嗎？

會 話 情 境：與朋友說大話時

🅰 嘘ついていないよ。
u.so.tsu.i.te.i.na.i.yo.
我沒有騙人啦。

🅱 そうかな？
so.u.ka.na.
是這樣嗎？

🅰 信じてください。
shi.n.ji.te.ku.da.sa.i.
請相信我。

會話情境：向男友表達難以置信的時候

Ⓐ 彼女はただの友達だよ。

ka.no.jo.wa.ta.da.no.to.mo.da.chi.da.yo.

她只是普通的朋友啦。

Ⓑ 本当かなあ？

ho.n.to.u.ka.a.

是真的嗎？

Ⓐ もちろん本当です。

mo.chi.ro.n.ho.n.to.u.de.su.

當然是真的。

Ⓑ 嘘でしょう。

u.so.de.sho.u.

騙人的吧！

◦**小知識**◦

日文有句諺語叫作「嘘つきは泥棒の始まり」意思是指，說謊是當小偷的開始。「嘘つき」為中文的騙子、說謊的人；「泥棒」則為小偷，為什麼日文的「泥棒」是指小偷呢？其傳聞是說古時候因為沒有牛皮紙袋等可以把臉遮掩的東西，所以小偷為了要讓別人認不得自己的臉就將泥巴往臉上塗以便遮掩，而且為了怕被人抓到，小偷手上通常會拿個棒子防身，因此小偷這個單字就演變為日語「泥棒」一詞，這種說法有沒有方便大家記住此單字呢？

→要求協助

說明 希望對方幫忙時的語句，依身分關係語氣
有些許不同，請參考以下對話。

◦**常用短句**◦　　　　　　　　　**MP3** 040

例 ちょっといいかな？
cho.tto.i.i.ka.na.
可以過來一下嗎？

例 ちょっと頼んでもいい？
cho.tto./ta.no.n.de.mo.i.i.
可以麻煩你一下嗎？

例 お願いしたい事があるんですが。
o.ne.ga.i.shi.ta.i.ko.to.ga.a.ru.n.de.su.ga.
我有事情想要麻煩你。

例 手伝ってくれない？
te.tsu.da.tte.ku.re.na.i.
可以幫我一下嗎？

MP3 041

會話情境：被朋友呼喚但自己手邊剛好有事
的時侯

A ちょっといいかな？
cho.tto.i.i.ka.na.
可以過來一下嗎？

B いいよ。ちょっと待ってね。

i.i.yo./cho.tto.ma.tte.ne.

好呀。等一下唷。

會話情境：問朋友事情時

A Bさん、ちょっといいですか？

B.sa.n./cho.tto.i.i.de.su.ka.

B先生，可以麻煩你一下嗎？

B はい、なんでしょうか？

ha.i./na.n.de.sho.u.ka.

可以呀，什麼事呢？

A この回りには吉野家がありますか？

ko.no.ma.wa.ri.ni.wa.yo.shi.no.ya.ga.a.ri.ma.su.
ka.

這附近有吉野家嗎？

B 吉野家ですか？駅の近くにはありますよ。

yo.shi.no.ya.de.su.ka./e.ki.no.chi.ka.ku.ni.wa.a.
ri.ma.su.yo.

吉野家嗎？在車站附近就有唷。

A そうですか？何時まで開いていますか？

so.u.de.su.ka./na.n.ji.ma.de.hi.ra.i.te.i.ma.su.ka.

是唷，那開到幾點呢？

B 二十四時間営業らしいです。

ni.ju.u.yo.ji.ka.n.e.i.gyo.u.ra.shi.i.de.su.

好像是二十四小時營業。

Ⓐ どうもありがとうございました。

do.u.mo./a.ri.ga.to.u.go.za.i.ma.shi.ta.

真是謝謝您。

🎵 042

會話情境：想偷懶叫男友拿水時

Ⓐ ちょっと頼んでもいい？

cho.tto./ta.no.n.de.mo.i.i.

可以麻煩你一下嗎？

Ⓑ いいよ。

i.i.yo

好呀。

Ⓐ 喉渇いたから、水を取って。

no.do.ka.wa.i.ta.ka.ra./mi.zu.o.to.tte.

我好渴，幫我拿杯水來。

會話情境：想向同事拜託事情時

Ⓐ ちょっとお願いしたい事があるんですが。

cho.tto./o.ne.ga.i.shi.ta.i.ko.to.ga./a.ru.n.de.su.

ga.

我有事情想要麻煩您。

Ⓑ どうしましたか？

do.u.shi.ma.shi.ta.ka.

怎麼了呢？

A これを説明してもらえませんか？

ko.ne.o.se.tsu.me.i.shi.te.mo.ra.e.ma.se.n.ka.

可以幫我說明這個嗎？

會話情境：同學或好友的對話

A ちょっと手伝ってくれない？

cho.tto.te.tsu.da.tte.ku.re.na.i.

可以幫我一下嗎？

B どうしたの？

do.u.shi.ta.no.

怎麼了？

A 箱を持ってきてもらえない？

ha.ko.o./mo.tte.ki.te.mo.ra.e.na.i.

可以幫我拿箱子過來嗎？

替換單字練習

● 腕時計 u.de.do.ke.i. 手錶
● 服 fu.ku. 衣服
● 靴 ku.tsu. 鞋子

日劇常會出現「駆け落ち(ka.ke.o.chi.)」這樣的
戲碼，那什麼是「駆け落ち」呢？是在說一段不
被祝福的戀情，導致男女雙方選擇用私奔的方法
在一起。

日本是一個重視集體活動的社會，日本人覺得最
慘的排擠不是打你或是罵你，而是完全無視於你
的存在，你就像空氣一樣不存在。「駆け落ち」
有點類似從一個集團中逃出去，逃去另一側不相
干的地方生活，因為在那集團已經沒辦法待下
去，隱喻私奔的說法。

2 每日會發生的事：校園職場生活實用短句

→表達歉意時

說明 中文中若做錯事情常用「對不起」來表達道歉的心意，但日語道歉時，還要考量一下事情狀況來選擇道歉語句的用法，請參考會話情境。

◦**常用短句**◦　　　　　　　　　　🎵 043

例 ごめん。

go.me.n.

對不起。(朋友間常使用)

例 すみません。

su.mi.ma.se.n.

對不起。（但也有表示「不好意思」與「謝謝」的用法。）

例 申^{もう}し訳^{わけ}ございません。

mo.u.shi.wa.ke.go.za.i.ma.se.n.

真是抱歉。(非常正式的道歉語句)

會話情境：上班時上司責備部屬時

A また遅刻^{ちこく}したか？まったく。

ma.ta.chi.ko.ku.shi.ta.ka./ma.tta.ku.

你怎麼又遲到了。真是的。

B すみません。今後は気を付けます。

su.mi.ma.se.n./ko.n.go.wa.ki.o.tsu.ke.ma.su.

對不起，我以後會注意。

會話情境：與朋友吵架時

A ごめん、私、そのつもりはないです。

go.me.n./wa.ta.shi./so.no.tsu.mo.ri.wa.na.i.de.
su.

對不起，我不是那種意思。

B いいのよ。気にしていないから。

i.i.no.yo./ki.ni.shi.te.i.na.i.ka.ra.

沒關係啦，我不在意。

會話情境：情侶對話

A どうして電話に出なかったの？

do.u.shi.te.de.n.wa.ni.de.na.ka.tta.no.

你為什麼沒接電話呢？

B ごめん、昨日寝ちゃったんだ。

go.me.n./ne.cha.tta.n.da.

對不起我昨天睡著了。

A どうしたのかと思ったよ。

do.u.shi.ta.no.ka.to.o.mo.tta.yo.

我還以為你在幹嘛呢。

B 心配かけてごめんね。

shi.n.pa.i.ka.ke.te.go.me.n.ne.

讓你擔心了，對不起啦。

會話情境：在工作時被上司指責報錯價格時

A この見積書は間違っていますよ。

ko.no.mi.tsu.mo.ri.sho.wa.ma.chi.ga.tte.i.ma.su.yo.

報價單弄錯了唷。

B 申し訳ございません。

mo.u.shi.wa.ke.go.za.i.ma.se.n.

真是抱歉。

A 二度としないように気をつけて下さい

ni.do.to.shi.na.i.yo.u.ni.ki.o.tsu.ke.te.ku.da.sa.i.

請小心不要再犯了。

―○小知識○―

「ごめんなさい」或是「ごめん」常用在好友或家人身上，「すみません」與「申し訳ございません」常用在輩分比你高或是上班等地方。
すみません有謝謝的語意，但也有另外種用法像日本在電車上不小心撞到人時都是說「すみません」，而日文裡道歉的程度越重，其句子越長，如下列的道歉嚴格程度為：
ごめん＜すみません＜申し訳ございません（對不起啦＜對不起＜非常對不起）

→ 表達感謝

說明 對輩分比自己高的人要說「ありがとうご
ざいます」，比自己輩分低或好友的話可以用
「ありがとう」，請參考會話情境。

◦**常用短句**◦　　　　　　　　　　　🎙 044

例 ありがとうございます。

a.ri.ga.to.u.go.za.i.ma.su.

謝謝。

例 すみません。

su.mi.ma.se.n.

謝謝。

會話情境：向人家道謝時

A ありがとうございます。

a.ri.ga.to.u.go.za.i.ma.su.

謝謝。

B どういたしまして。

do.u.i.ta.shi.ma.shi.te.

不用客氣。

喔嗨優！ 日本人 天天會用的
日語短句

會話情境：收到送的禮物時

Ⓐ これ、ナナからのプレゼントです。
ko.re./na.na.ka.ra.no.pu.re.ze.n.to.de.su.
這個是奈奈給的禮物。

Ⓑ ありがとう。
a.ri.ga.to.u.
謝謝。

會話情境：淋大雨後回家

Ⓐ こんなに濡れちゃった。
ko.n.na.ni.nu.re.cha.tta.no.
怎麼淋那麼濕呀。

Ⓑ 急に雨が降ってきたんだよ。
kyu.u.ni.a.me.ga.fu.tte.ki.ta.n.da.yo.
因為突然下雨了呀。

Ⓐ タオル使っていいよ。
ta.o.ru.tsu.ka.tte.i.i.yo.
毛巾可以給你用唷。

Ⓑ すみません。
su.mi.ma.se.n.
謝謝。

Ⓐ 早<ruby>早<rt>はや</rt></ruby>く拭<ruby>拭<rt>ふ</rt></ruby>かないと、風邪<ruby>風邪<rt>か ぜ</rt></ruby>引<ruby>引<rt>ひ</rt></ruby>いちゃうよ。

ha.ya.ku.fu.ka.na.i.to./ka.ze.hi.i.cha.u.yo.

不快點擦乾,會感冒唷。

會話情境:約會結束後

Ⓐ 今日<ruby>今日<rt>きょう</rt></ruby>は楽<ruby>楽<rt>たの</rt></ruby>しかったです。誘<ruby>誘<rt>さそ</rt></ruby>ってくれてありがとう。

kyo.u.wa.ta.no.shi.ka.tta.de.su./sa.so.tte.ku.re.
te.a.ri.ga.to.u.

今天真開心,謝謝你來約我。

Ⓑ 僕<ruby>僕<rt>ぼく</rt></ruby>も楽<ruby>楽<rt>たの</rt></ruby>しかったです。また映画<ruby>映画<rt>えいが</rt></ruby>でも一緒<ruby>一緒<rt>いっしょ</rt></ruby>に行<ruby>行<rt>い</rt></ruby>きましょう。

bo.ku.mo.ta.no.shi.ka.tta.de.su./ma.ta.e.i.ga.de.
mo.i.ssho.ni.i.ki.ma.sho.u.

我也很開心,我們下次一起去看電影。

Ⓐ いいですね。また会<ruby>会<rt>あ</rt></ruby>えるのを楽<ruby>楽<rt>たの</rt></ruby>しみにしています。

i.i.de.su.ne./ma.ta.a.e.ru.no.o.ta.no.shi.mi.ni.shi.
te.i.ma.su.

好呀,我很期待下次能與你相見。

2
毎日會發生的事:校園職場生活實用短句

── 小知識 ──

日本人是很喜歡用鞠躬表達心意的國家，在日劇
會看到日本人常對離開的客人，在背後默默的對
他們鞠躬致謝，而日本人的鞠躬角度表示不同的
禮貌程度(或致歉程度)，一般分為以下幾種鞠躬
方式：

首先敬意度最低，最常使用的15度的彎腰鞠躬，
一般用於打招呼的時候，比如早上遇到同事的時
候，或是碰到鄰居的禮貌性鞠躬問好。

第二種：30度的鞠躬，一般用於初次見的長輩，
做自我介紹時向長輩鞠躬敬意時使用。最後是禮
貌性高的45度的鞠躬，例如在日系百貨公司快
打烊時，專櫃小姐站一排，目送你與你說謝謝光
臨的時候，或是用在做錯事情時與對方誠懇道歉
時也會用45度的鞠躬以表歉意，但道歉的最高
境界是「土下座(do.ge.za.)」，面對他人以跪坐
姿，額頭朝地樣子，而向別人拜託事情時也會用
此種的方式。

→鼓勵加油

說明 除了大家最常看到的「甘巴嗲」以外還可以怎樣用簡單語句幫人加油打氣呢？請參考以下用法。

・常用短句・　　　　　　　　MP3 045

例 ○○ならきっとできる。
　○.○.na.ra.ki.tto.de.ki.ru.
　○○的話一定可以的啦！

例 何とかなるだろう。
　na.n.to.ka.na.ru.da.ro.u.
　總會有辦法的啦。

例 もっと頑張ってください。
　mo.tto.ga.n.ba.tte.ku.da.sa.i.
　請多加油。

例 頑張って。
　ga.n.ba.tte.
　加油。

　　　　　　　　　　　　MP3 046

會話情境：當朋友對某事感到沒自信時給予
　　　　　友人鼓勵

A この事はできるはずがないです。
　ko.no.ko.to.wa.de.ki.ru.ha.zu.ga.na.i.de.su.
　這件事我怎麼可能辦的到。

B 奈奈なら、きっとできますよ。

na.na.na.ra./ki.tto.de.ki.ma.su.yo.

奈奈的話一定可以的啦！

會話情境：朋友擔心面試沒過時

A 面接に落ちたら、どうしよう。

me.n.se.tsu.ni.o.chi.ta.ra./do.u.shi.yo.u.

如果面試沒過的話該怎麼辦？

B 心配しないで、何とかなるだろう。

shi.n.pa.i.shi.na.i.de./na.n.to.ka.na.ru.da.ro.u.

別擔心，總之會有辦法的啦。

會話情境：當朋友述說自己的夢想時

A 佐藤君の夢は何ですか？

sa.to.u.ku.n.no.yu.me.wa.na.n.de.su.ka.

佐藤的夢想是什麼呢？

B 先生になりたいです。

se.n.se.i.ni.na.ri.ta.i.de.su.

我想當老師。

A いいですね。頑張ってください。

i.i.de.su.ne./ga.n.ba.tte.ku.da.sa.i.

真好耶，請加油。

B はい、頑張ります。

ha.i./ga.n.ba.ri.ma.su.

好，我會努力。

會話情境：幫比賽選手加油時

A 皆さん、頑張って！

mi.na.sa.n./ga.n.ba.tte.

大家，加油！

B 一番の選手はゴールの前で転んじゃった
らしいです。

ni.ba.n.no.se.n.shu.wa.go.o.ru.no.ma.e.de.ko.ro.
n.ja.tta.ra.shi.i.de.su.

2號選手好像在終點前摔倒了。

A 残念ですね。

za.n.ne.n.de.su.ne.

真可惜。

B そうですね。もともとは右足に怪我があ
ったようです。

so.u.de.su.ne./mo.to.mo.to.wa.mi.gi.a.shi.ni.ke.
ga.ga.a.tta.yo.u.de.su.

對呀，他右腳原本就好像受傷了。

A よく頑張りましたね。

yo.ku.ga.n.ba.ri.ma.shi.ta.ne.

他還真是努力耶！

─•◦ 小知識 ◦•─

想必大家都知道甘巴爹是加油的意思，甘巴爹的
日文漢字是「頑張って」，「頑張」這個漢字很
常會出現在電動遊戲機上，為什麼日本人會用
「頑張」來代表加油呢？其語源要追朔至日本江
戶時代，有一個說法是從漢字「見張り」變化出
來，其語意就是努力持續在一個地方靜靜不動，
隨著時代的變化語意慢慢轉變「加油」的涵意。

→離別常用句

說明 日語離別時會說的短句有稍稍不同，但其實意思不外乎就是告知對方自己要離開而已，只是語氣使用以及所使用的對象而產生有所差異，以下例句及對話情境都是日劇中會常出現的離別對白，請讀者研究看看有什麼不一樣。

○常用短句○　　　　　　　　　🎧 046

例 では、また明日。
de.wa./ma.ta.a.shi.ta.
明天見。

例 さようなら。
sa.yo.u.na.ra.
再見。

例 行ってきます。
i.tte.ki.ma.su.
我走囉。（每天出門必說語。）

例 お先に失礼いたします。
o.sa.ki.ni.shi.tsu.re.i.i.ta.shi.ma.su.
我先告辭。

2 每日會發生的事：校園職場生活實用知句

MP3 047

會話情境：朋友對話

Ⓐ 今日はこれで終わります。

kyo.u.wa.ko.re.de.o.wa.ri.ma.su.

今天就在此結束。

Ⓑ お疲れ様でした。では、また明日。

o.tsu.ka.re.sa.ma.de.shi.ta./de.wa./ma.ta.a.shi.ta.

辛苦你了，明天見。

會話情境：送朋友出國深造

Ⓐ さようなら。元気でね。

sa.yo.u.na.ra./ge.n.ki.de.ne.

再見，要保重唷。

Ⓑ さようなら。

sa.yo.u.na.ra.

再見。

會話情境：出門及回家時必說句型

Ⓐ 行ってきます。

i.tte.ki.ma.su.

我出門囉。

Ⓑ いってらっしゃい。

i.tte.ra.ssha.i.

請慢走。

Ⓐ ただいま。

ta.da.i.ma.

我回家囉。

Ⓑ お帰りなさい。

o.ka.e.ri.na.sa.i.

你回來啦。

會話情境：在公司下班時

Ⓐ お先に失礼いたします。

o.sa.ki.ni.shi.tsu.re.i.i.ta.shi.ma.su.

我先告辭。

Ⓑ お疲れ様です。

o.tsu.ka.re.sa.ma.de.su.

辛苦你了。

─○小知識○─

很常聽到日本人在工作結束後會說「お疲れ様」、「ご苦労様」，雖然中文翻譯聽起來都是「辛苦你了」，但用法還是有所區分，若是搞錯彼此關係以及對象使用的話，將會是非常失禮的事情！記住下對上或是平輩關係要說：「お疲れ様でした(o.tsu.ka.re.sa.ma.de.shi.ta.)」，上對下的關係要說：「御苦労様でした(go.ku.ro.sa.ma.de.shi.ta.)」。請參考以下例句：

部下：お先に失礼致します。

　　　o.sa.ki.ni.shi.tsu.re.i.i.ta.shi.ma.su.

　　　我先走囉。

上司：ご苦労様。

　　　go.ku.ro.u.sa.ma.

　　　辛苦你了。

- -

同學A：お疲れ様。

　　　o.tsu.ka.re.sa.ma.

　　　辛苦你了。

同學B：お疲れ様。もう帰る？

　　　o.tsu.ka.re.sa.ma./mo.u.ka.e.ru.

　　　辛苦你了，你要回家了嗎？

編輯了日本人生活會話以及
旅遊 飲食 購物 學校 職場

PART 3

每日會發生的事：自我情感表達

→喜的表達

說明 表達開心、喜悅、喜歡等心情。

∘**常用短句**∘　　　　　　　　　(MP3) 049

例 やったー。
ya.tta.a.
真是太棒了。

例 大好き。
da.i.su.ki.
我超喜歡。

例 うれしいわ。
u.re.shi.i.wa.
我真開心。

會話情境：抽獎中獎時

Ⓐ やったー！当たった！
ya.tta.a./a.ta.tta.
真是太棒了。我中獎了！

Ⓑ おめでとうございます。
o.me.de.to.u.go.za.i.ma.su.
恭喜你！

3 每日會發生的事：自我情感表達

會話情境：詢問友人喜歡某藝人嗎

Ⓐ 木村拓哉が好き？

ki.mu.ra.ta.ku.ya.ga.su.ki.

你喜歡木村拓哉嗎？

Ⓑ うん、大好き！

u.n./da.i.su.ki.

嗯！超喜歡。

🎧 050

會話情境：收到友人禮物時

Ⓐ この時計、奈奈にあげる。

ko.no.to.ke.i./na.na.ni.a.ge.ru.

這個時鐘給奈奈。

Ⓑ ありがとう。うれしいわ。

a.ri.da.to.u./u.re.shi.wa.

謝謝，我好開心唷。

會話情境：與朋友聊天時問對方喜歡哪種音樂

Ⓐ 奈奈さんは音楽が好きですか？

na.na.sa.n.wa.o.n.ga.ku.ga.su.ki.de.su.ka.

奈奈喜歡音樂嗎？

Ⓑ 好きですよ。

su.ki.de.su.yo.

喜歡呀。

Ⓐ どんな音楽が好きですか？

do.n.na.o.n.ga.ku.ga.su.ki.de.su.ka.

喜歡哪種音樂呀？

Ⓑ 私はクラシックが好きです。Aさんは？

wa.ta.shi.wa.ku.ra.shi.kku.ga.su.ki.de.su./A.sa.n.wa.

我喜歡輕音樂，A呢？

Ⓐ 私はクラシックよりロックのほうがいいです。

wa.ta.shi.wa.ku.ra.shi.kku.yo.ri.ro.kku.no.ho.u.ga.i.i.de.su.

比起輕音樂我比較喜歡搖滾音樂。

替換單字練習

- ヒップホップ
  hi.ppu.ho.ppu.
  hip-hop

- ジャズ
  ja.zu.
  爵士

- ソウル
  so.u.ru.
  沙發音樂

- ラブソング
  ra.bu.so.n.gu.
  情歌

● オペラ
o.pe.ra.
歌劇

───○ 小知識 ○───

花見（ha.na.mi.）意思即「賞花」。在日語中，邀約朋友去賞花多半指的是櫻花，櫻花也是日本的國花。觀賞櫻花的時間是在每年的3～5月，依照當年的溫度，由南開到北，而北海道因為地勢關係通常都是最晚開的地方。在日本還可在網路上查詢各地櫻花開花資訊與開花狀況，在賞花時，可常看到公司企業或是家人朋友，一起在櫻花樹下舉行露天賞花大會。而在賞花旺季也常會看到日本人帶著啤酒以及下酒菜還有花見團子(花見団子-ha.na.mi.da.n.go.)等，與友人一起開心共渡美好時光。

花見団子——口感類似湯圓，通常都是會揉成紅、白、綠三個顏色的丸子形狀再用竹籤串成一串。

東京之名賞花盛地：

1.上野恩賜公園（東京都台東區）

2.井之頭恩賜公園（東京都武藏野市‧三鷹市）

3.新宿御苑（東京都新宿站‧千馱谷站）

→怒的表達

說明 表達生氣、不滿、討厭等心情。

○ **常用短句** ○ 　　　　　　　 🎧 051

例 大嫌い。
だいきら
da.i.ki.ra.i.
超討厭。

例 むかつく。
mu.ka.tsu.ku.
氣死我了。

例 困るよ。
こま
ko.ma.ru.yo.
我很為難唷。

例 いやだ。
i.ya.da.
我不要！

例 うるさいなあ。
u.ru.sa.i.na.a.
真吵耶。

例 面倒くさい！
めんどう
me.n.do.u.ku.sa.i.
真麻煩耶。

會話情境：男女朋友吵架

Ⓐ どうしてうそをつくの？
do.u.shi.te.u.so.o.tsu.ku.no.
為什麼要說謊呢？

Ⓑ 君に嫌われたくないから。
ki.mi.ni.ki.ra.wa.re.ta.ku.na.i.ka.ra.
因為我不想被你討厭。

Ⓐ うそつきなんて、大嫌い。
u.so.tsu.ki.na.n.te./da.i.ki.ra.i.
我最討厭騙子了。

Ⓑ ごめんなさい。
go.me.n.na.sa.i.
對不起。

🎵 051

會話情境：抱怨友人老是遲到

Ⓐ むかつくわ。
mu.ka.tsu.ku.wa.
氣死我了。

Ⓑ どうしたの。
do.u.shi.ta.no.
怎麼了呢？

A 彼、また遅刻したの。

ka.re./ma.ta.chi.ko.ku.shi.ta.no.

他又遲到了。

B ひどいね。

hi.do.i.ne.

真過份耶。

A 何時間も待たされたし。

na.n.ji.ka.n.mo.ma.ta.sa.re.ta.shi.

而且讓我等了好幾個小時。

B 時間にルーズな人だね。

ji.ka.n.ni.ru.u.zu.na.hi.to.da.ne.

真是不守時的人耶。

🎵 052

會話情境：與朋友再三確定不會放鴿子時

A 急にキャンセルしないよね。

kyu.u.ni.kya.n.se.ru.shi.na.i.yo.ne.

你不會突然取消吧。

B しないよ。

shi.na.i.yo.

不會啦。

A キャンセルしたら、困るよ。

kya.n.se.ru.shi.ta.ra./ko.ma.ru.yo.

取消的話我會很為難唷。

3 每日會發生的事：自我情感表達

B しないって
shi.na.i.tte.
我就說不會了。

會話情境：與小朋友對話

A 奈奈ちゃん、茄子を食べなさい。
na.na.cha.n./na.su.o.ta.be.na.sa.i.
小奈奈，要吃茄子唷！

B いやだ。
i.ya.da.
我不要。

──○ 小知識 ○──

日本是非常重視時間觀念的國家，在日本工作文
化上若是跟客戶相約碰面談事情，業務員也通常
會提早抵達，既使是一分鐘也要避免讓客戶等
待，遲到的嚴重性往往往會超乎我們的想像。而日
本人通常會覺得愛遲到的人就是「自我控制能力
不足、性格散漫的人」，此類型的人日語稱為：

「時間にルーズな人」

ji.ka.n.ni.ru.u.zu.na.hi.to.

對時間散漫(不守時)的人。

➡哀的表達

說明 表達難過、痛苦、悲傷等心情。

◦**常用短句**◦　　　　　　　　　　　🎧 053

例 苦しいわ。
ku.ru.shi.i.wa.
我好難過唷。

例 辛いんだもん。
tsu.ra.i.n.da.mo.n.
我好痛苦唷。

例 悲しくなっちゃった。
ka.na.shi.ku.na.cha.tta.
我感到悲傷。

會話情境：吃人多東西時

A スイカを食べすぎて苦しいわ。
su.i.ka.o.ta.be.su.gi.te.ku.ru.shi.i.wa.
西瓜吃太多了，好難過唷。

B そんなに食べなくてもいいのに。
so.n.na.ni.ta.be.na.ku.te.mo.i.i.no.ni.
你不該吃那麼多的啦。

Ⓐ だっておいしかったんだもん。

da.tte.o.i.shi.ka.tta.n.da.mo.n.

因為很好吃嘛。

Ⓑ お腹を壊すよ。

o.na.ka.o.ko.wa.su.yo.

會拉肚子唷。

會話 情境：描述早上起床很痛苦

Ⓐ また朝寝坊しちゃったの。

ma.ta.a.sa.ne.bo.u.shi.cha.tta.no.

你又賴床了嗎？

Ⓑ だって、朝起きるのが辛いんだもん。

da.tte./a.sa.o.ki.ru.no.ga.tsu.ra.i.n.da.mo.n.

因為早上起床好痛苦嘛。

🎵 054

會話 情境：詢問朋友怎麼在哭時

Ⓐ どうして泣いているの。

do.u.shi.te.na.i.te.i.ru.no.

你為什麼在哭呀？

Ⓑ あの話を聞いて悲しくなっちゃって。

a.no.ha.na.shi.o.ki.i.te.ka.na.shi.ku.na.cha.tte.

我聽到了那件事感到很悲傷。

○ 小知識 ○

日文的火之車「火の車（hi.no.ku.ru.ma.）」，是
代表家計及經濟狀況陷入谷底的意思。

從佛教語：「火車」所演變而來，原意為著火的
車子上載著前世做了壞事的罪人前往地獄，而坐
在著火車上的罪人受盡被火燒的痛苦則隱喻為受
盡窮困折磨的窮人。

彼女は今火の車だ。

ka.no.jo.wa.i.ma.hi.no.ku.ru.ma.da.

她現在經濟陷入困境。

Sad...

→樂的表達

說明 表達有趣、快樂、愉快等心情。

○**常用短句**○　　　　　　　　　🎤 054

例 超ウける。
cho.u.u.ke.ru.
超好笑。

例 面白いです。
o.mo.shi.ro.i.de.su.
真有趣。

例 今日はとても楽しかった。
kyo.u.wa.to.te.mo.ta.no.shi.ka.tta.
今天真是開心。

例 気持ちがいいです。
ki.mo.chi.ga.i.i.de.su.
好舒服。

🎤 055

會話情境：在書店與朋友聊天時

Ⓐ この漫画、超ウける。
ko.no.ma.n.ga./cho.u.u.ke.ru.
這個漫畫超好笑。

Ⓑ 本当？私も読みたい。
ho.n.to.u./wa.ta.shi.mo.yo.mi.ta.i.
真的嗎？我也想看。

Ⓐ いいよ。

i.i.yo.

好呀。

Ⓑ あれ、どこがおかしいの？

a.re./do.ko.ga.o.ka.shi.i.no.

咦？哪裡奇怪呀？

會話情境：向朋友推薦好看的小說時

Ⓐ「白夜行」を読みましたか？

bya.ku.ya.ko.u.o.yo.mi.ma.shi.ta.ka.

你有讀過「白夜行」嗎？

Ⓑ いいえ、まだです。

i.i.e./ma.da.de.su.

還沒看。

Ⓐ とても面白い小説ですよ。今はとても 流行っています。

to.te.mo.o.mo.shi.ro.i.sho.u.se.tsu.de.su.yo./i. ma.wa.to.te.mo.ha.ya.tte.i.ma.su.

是非常有趣的小說唷！現在也很夯！

會話情境：詢問對方對自己感覺如何時

Ⓐ ね！話があるんだけど、ちょっといい？

ne./ha.na.shi.ga.a.ru.n.da.ke.do./cho.tto.i.i.

喂，我有話想跟你說，可以來一下嗎？

B どうしたの。

do.u.shi.ta.no.

怎麼了？

A 私の事、どう思ってる？

wa.ta.shi.no.ko.to./do.u.o.no.tte.ru.

你覺得我怎樣？

B 面白い人だと思いますよ。

o.mo.shi.ro.i.hi.to.da.to.o.mo.i.ma.su.yo.

我覺得你是很有趣的人呀。

A それだけですか？

so.re.da.ke.de.su.ka.

只有這樣嗎？

B そうですよ。他に何かありますか？

so.u.de.su.yo./ho.ka.ni.na.ni.ka.a.ri.ma.su.ka.

對呀，其他還有別的嗎？

會話情境：約會結束後

A 今日はとても楽しかったです。

kyo.u.wa.to.te.mo.ta.no.shi.ka.tta.de.su.

今天真是開心。

B 僕も楽しかったです。

bo.ku.mo.ta.no.shi.ka.tta.de.su.

我也很開心。

Ⓐ 誘ってくれてありがとう！

sa.so.tte.ku.re.te.a.ri.ga.to.u.

謝謝你的邀約。

Ⓑ また一緒に遊びに行きましょう。

ma.ta.i.ssho.ni.a.so.bi.ni.i.ki.ma.sho.u.

我們下次再一起。

Ⓐ ぜひ誘ってください。

ze.hi.sa.so.tte.ku.da.sa.i.

請一定要再來約我。

───・小知識・───

若是有機會與日本朋友出遊時，在結束的時候請不要短短說句「再見」，就回家了，可以來幾句「今天真開心」或是「謝謝你約我」等客套話，日本人通常聽到都會很開心，也可增加彼此心中的好感度。尤其是在約會結束的時候，通常受邀約的一方，會向邀約者說「今日はとても楽しかった！誘ってくれてありがとう。(kyo.u.wa. to.te.mo.ta.no.shi.ka.tta./sa.so.tte.ku.re.te.a.ri.ga.to. u.)」這句感謝對方的邀約、今天很開心等的基本對話，而這種語句若能說出來，通常會讓對方覺得你是溫柔又有禮貌的人，各位同學也好好記住這句好用的話吧！

→表達擔心時的常用句

說明 當自己不知所措、徬徨無助時該如何表達呢？

○**常用短句**○　　　　　　　　**MP3** 056

例 心配（しんぱい）です。
shi.n.pa.i.de.su.
真擔心。

例 どうしよう。
do.n.shi.yo.u.
該怎麼辦？

例 誰（だれ）か助（たす）けてください。
da.re.ka.ta.su.ke.te.ku.da.sa.i.
誰來救救我。

會話情境：擔心家人還不回家

A まだ帰（かえ）ってこないなんて。
ma.da.ka.e.tte.ko.na.i.na.n.te.
到現在都還沒回來！

B もうすぐ帰（かえ）るんじゃない。
mo.u.su.gu.ka.e.ru.n.ja.na.i.
快要回來了吧。

Ⓐ 電話<ruby>でんわ</ruby>にも出<ruby>で</ruby>ないし、心配<ruby>しんぱい</ruby>です。
de.n.wa.ni.mo.de.na.i.shi./shi.n.pa.i.de.su.
電話也都不接，真是擔心。

Ⓑ 電車<ruby>でんしゃ</ruby>に乗<ruby>の</ruby>ってるんじゃない。
de.n.sha.ni.no.tte.ru.n.ja.na.i.
正在坐電車吧。

會話情境：與同學聊天

Ⓐ 今回<ruby>こんかい</ruby>のテストは難<ruby>むずか</ruby>しかったわ。
ko.n.ka.i.no.te.su.to.wa.mu.tsu.ka.shi.ka.tta.wa.
這次的考試好難嘖。

Ⓑ 本当<ruby>ほんとう</ruby>、難<ruby>むずか</ruby>しかったね。
ho.n.to.u./mu.tsu.ka.shi.ka.tta.ne.
真的很難耶。

Ⓐ どうしよう、落<ruby>お</ruby>ちてしまいそう。
do.u.shi.yo.u./o.chi.te.shi.ma.i.so.u.
該怎麼辦呀，好像會不合格。

Ⓑ 君<ruby>きみ</ruby>なら、落<ruby>お</ruby>ちないよ。
ki.mi.na.ra./o.chi.na.i.yo.
你的話不會不合格的啦。

會話情境：向別人求救

Ⓐ 誰<ruby>だれ</ruby>か助<ruby>たす</ruby>けてください。
da.re.ka.ta.su.ke.te.ku.da.sa.i.
誰來救救我。

B 大丈夫ですか？

da.i.jo.u.bu.de.su.ka.

你沒事吧？

A 変な人に追われています。

he.n.na.hi.to.ni.o.wa.re.te.i.ma.su.

我被奇怪的人追著。

B 警察を呼びましょう。

ke.i.sa.tsu.o.yo.bi.ma.sho.u.

去報警吧！

───○ 小知識 ○───

日語的廚房叫做「台所（da.i.do.ko.ro.）」，讀
者可以在日本時代劇裡面看到古時候宮中或是貴
族吃飯時候，前面會很低的小台子叫做
「台盤所」，「台」在日語中為食物的意思，
「所」則為場所的意思，製作食物的地方，後來
則演變為「廚房」的意思。

　　早く台所を掃除してください。

ha.ya.ku.da.i.do.ko.ro.o.so.u.ji.shi.te.ku.da.sa.i.

快去清掃廚房！

→讚美別人時的常用句

說明 當遇到漂亮的男生、女生，或碰到厲害的人時該怎樣讚美對方說呢？讚美的話人人都愛聽，所以快點背起來吧！

MP3 057

會話情境：讚美對方時

Ⓐ ○○さんはとても綺麗ですね。
　　○.○.sa.n.wa.to.te.mo.ki.re.i.de.su.ne.
　　○○真是非常漂亮耶。

Ⓑ ありがとう。
　　a.ri.ga.to.u.
　　謝謝你。

替換單字練習

● かわいい
ka.wa.i.i.
可愛

● 格好いい
ka.kko.u.i.i.
帥氣

● 素敵
su.te.ki.
漂亮

3
每日會發生的事：自我情感表達

會話情境：誇獎別人女友

Ⓐ 彼女は優しそうですね。

ka.no.jo.wa.ya.sa.shi.so.u.de.su.ne.

你女朋友感覺很溫柔耶。

Ⓑ 怒ったら、怖くなりますよ。

o.ko.tta.ra./ko.wa.ku.na.ri.ma.su.yo.

她生氣起來可是很可怕的唷。

🔊 058

會話情境：與朋友去打球

Ⓐ テニスが上手ですね。

te.ni.su.ga.jo.u.zu.de.su.ne.

你網球好厲害唷。

Ⓑ 昔、ちょっと習いました。

mu.ka.shi./cho.tto.na.ra.i.ma.shi.ta.

以前有學過一點點。

替換單字練習

- バスケ
  ba.su.ke.
  籃球

- バドミントン
  ba.do.mi n.to.n.
  羽毛球

- ダンス
  da.n.su.
  跳舞

- サッカー
  sa.kka.a.
  足球

- 野球
  ya.kyu.u.
  棒球

- 卓球
  ta.kkyu.u.
  桌球

- スキー
  su.ki.i.
  滑雪

- ゴルフ
  go.ru.fu.
  高爾夫

◦小知識◦

日本是非常重視運動比賽的國家,棒球與足球更
是國民運動代表之一,每年碰到棒球賽季來臨
時,比賽狀況可就成了大多數人聊天的話題,而
日語關於運動的單字也大多為外來語,而且現在
日本也有很多既有日本單字也是慢慢被「外來
語」取代,像上述會話所舉的網球「テニス」其
實就是「tennis」的英文發音變來,雖然發音有
些許不同,但是讀者可以藉由本書所搭配的MP3
反覆練習日語外來語的發音。

→驚訝時的常用句

說明 當碰到很令你驚豔或是驚訝的時候，日語該怎麼說呢？日本人常用的口頭禪非常有趣，大家快來試著模仿一下吧！

○**常**|**用**|**短**|**句**○　　　　　　　　　　　　　🎤 059

🈶 すごい。
su.go.i.
超…。（語氣加強等單字）/好厲害。

🈶 驚いた。
o.do.ro.i.ta.
嚇我一大跳。

🈶 びっくりした。
bi.kku.ri.shi.ta.
嚇我一跳。

🈶 本気で言っているの？
ho.n.ki.de.i.tte.i.ru.no.
你說的是真的嗎？

🈶 不思議ですね。
hu.shi.gi.de.su.ne.
真不可思議耶。

3
每日會發生的事：自我情感表達

125

例 信じられませんね。

shi.n.ji.ra.re.ma.se.n.ne.

真是難以置信。

會話情境：與好朋友出去吃飯

Ⓐ これ、すごくおいしい！

ko.re./su.go.ku.o.i.shi.i.

這個超好吃！

Ⓑ 本当だ。おいしいね。

ho.n.to.u.da./o.i.shi.i.ne.

真的耶，好好吃唷。

MP3 060

會話情境：與好友閒話家常時

Ⓐ 奈奈のスッピンを見たって？

na.na.no.su.ppi.n.o.mi.ta.tte.

你說你看過奈奈沒化妝的樣子？

Ⓑ 見たけど…。驚いたわ。

mi.ta.ke.do./o.do.ro.i.ta.wa.

我是看到了啦，真是嚇我一大跳。

Ⓐ えぇ！どうして？

e.e./do.u.shi.te.

欸！為什麼？

Ⓑ 男みたいに見えたから。

o.to.ko.mi.ta.i.ni.mi.e.ta.ka.ra.

因為看起來像個男生。

Ⓐ 奈奈は化粧が上手だね。

na.na.wa.ke.sho.u.ga.jo.u.zu.da.ne.

奈奈化妝還真是厲害耶！

會話情境：碰到蟑螂的時候

Ⓐ ギャ～。

gya.

啊～。

Ⓑ どうしたの？

do.u.shi.ta.no.

怎麼了？

Ⓐ ゴキブリがいたの。びっくりした。

go.ki.bu.ri.ga.i.ta.no./bi.kku.ri.shi.ta.

有蟑螂啦，嚇我一跳。

Ⓑ なんだゴキブリか。

na.n.da.go.ki.bu.ri.ka.

是隻蟑螂而已耶！

Ⓐ ゴキブリが怖いの。

go.ki.bu.ri.ga.ko.wa.i.no.

我就怕蟑螂嘛。

❸ 每日會發生的事：自我情感表達

會話情境：表達對事物感到不可思議的時候

Ⓐ 不思議ですね。奈奈さんはどう思いますか？

fu.shi.gi.de.su.ne./na.na.sa.n.wa.do.u.o.mo.i.ma.su.ka.

真是不可思議耶！奈奈你覺得呢？

Ⓑ 彼女の言うことは信じられません。

ka.no.jo.no.i.u.ko.to.wa.shi.n.ji.ra.re.ma.se.n.

我不太相信她所講的話。

Ⓐ ええ。私もそう思います。

e.e./wa.ta.shi.mo.so.u.o.mo.i.ma.su.

對呀，我也是這樣覺得。

――― 小知識 ―――

日文的「諷刺」為什麼叫「皮肉(hi.ni.ku.)」？這是來自中國達摩大師的名言：「某得吾皮，某得吾肉，某得吾骨，惟於慧可曰，爾得吾髓云云。」骨與髓代表了解本質深層要點，皮與肉則表示只了解外在淺層俗事，後來「皮肉」則演變為「諷刺」的語意。

→表達害怕

說明 當碰到的事物讓你害怕時，該如何表達
呢？在日本試膽大會上，常看到日本女生或男生
都會說"好可怕"，這句該怎麼用日文說呢？

◦常用短句◦ 　　　　　　　　　🔊 060

例 怖い。
ko.wa.i.
害怕。

例 恐ろしい。
o.so.ro.shi.i.
可怕。

　　　　　　　　　　　　　🔊 061

會話情境：問朋友害怕什麼樣的東西

Ⓐ 怖いものはありますか？
ko.wa.i.mo.no.wa.a.ri.ma.su.ka.
你有害怕的東西嗎？

Ⓑ お化けが怖い！
o.ba.ke.ga.ko.wa.i.
我怕鬼。

❸ 每日會發生的事：自我情感表達

Ⓐ じゃ、来月の肝試し大会に出れないじゃ
ないんですか？

ja./ra.i.ge.tsu.no.ki.mo.da.me.shi.ta.i.ka.i.ni.de.
re.na.i.ja.na.i.n.de.su.ka.

那你下個月的試膽大會不就不能參加了嗎？

Ⓑ 怖いけど、出てみたいと思います。

ko.wa.i.ke.do./de.te.mi.ta.i.to.o.mo.i.ma.su.

雖然會害怕，但我還是想參加看看。

替換單字練習

● ゴキブリ
go.ki.bu.ri.
蟑螂

● 蛇
he.bi.
蛇

● 蜘蛛
ku.mo.
蜘蛛

● ネズミ
ne.zu.mi.
老鼠

● 蟲
mu.shi.
蟲

會話情境：在夏天時跟朋友出去玩

Ⓐ 夏バテ気味で、ちょっと気分が悪いです。

na.tsu.ba.te.gi.mi.de./cho.tto.ki.bu.n.ga.wa.ru.i.de.su.

我感覺有點中暑，不太舒服。

Ⓑ 大丈夫ですか？今日は暑すぎですね。

da.i.jo.u.bu.de.su.ka./kyo.u.wa.a.tsu.su.gi.de.su.ne.

你沒事吧？今天真是太熱了。

Ⓐ 日本の夏は毎年こんなに暑いですか？

ni.ho.n.no.na.tsu.wa.ma.i.to.shi.ko.n.na.ni.a.tsu.i.de.su.ka.

日本的夏天每年都是那麼熱嗎？

Ⓑ 今年は特に暑いと思いますよ。

ko.to.shi.wa.to.ku.ni.a.tsu.i.tő.ő.mo.i.ma.su.yo.

我覺得是今年特別熱。

Ⓐ 今は何度ぐらいですか？

i.ma.wa.na.n.do.gu.ra.i.de.su.ka.

現在大概幾度呀。

Ⓑ 四十度を超えたみたいです。

yo.n.ju.u.do.o.ko.e.ta.mi.ta.i.de.su.

好像超過四十度了。

A 本当に恐ろしい温度ですね。

ho.n.to.u.ni.o.so.ro.shi.i.o.n.do.de.su.ne.

還真是可怕的溫度耶。

B そうですね。早く部屋に入りましょう。

so.u.de.su.ne./ha.ya.ku.he.ya.ni.ha.i.ri.ma.sho.u.

對呀，快進去房間吧。

→失望時的常用句

說明 當表達內心失望、遺憾時常用下列短句，
這些短句在日劇中常聽到唷！

○**常用短句**○　　　　　　　　　　　(MP3) 061

例 **～にがっかりした。**

　　ni.ga.kka.ri.shi.ta.

　　對～感到失望。

例 **残念ですね。**

　　za.n.ne.n.de.su.ne.

　　很可惜耶。

例 **悔しいです。**

　　ku.ya.shi.i.de.su.

　　真不甘心。

例 **後ろめたい気持ちです。**

　　u.shi.ro.me.ta.i.ki.mo.chi.de.su

　　我感到很內疚。

　　　　　　　　　　　　　　　　(MP3) 062

會話情境：與朋友吵架，並對友人感到失望

Ⓐ **もう言い訳しないでください。**

　　mo.u.i.i.wa.ke.shi.na.i.de.ku.da.sa.i.

　　請不要再找藉口了。

B ごめんなさい。

go.me.n.na.sa.i.

對不起。

二度としないから、許してください。

ni.do.to.shi.na.i.ka.ra./yu.ru.shi.te.ku.da.sa.i.

我不會再犯第二次了，請你原諒我。

A 君にがっかりした。もう、帰ってください。

ki.mi.ni.ga.kka.ri.shi.ta./mo.u./ka.e.tte.ku.da.sa.i.

我對你真是失望，請你回去。

會話情境：跟朋友先約出去玩，但碰到下雨天

A 雨が降りそうなので、

a.me.ga.fu.ri.so.u.na.no.de.

因為好像要下雨了，

今日はやめておきましょう。

kyo.u.wa.ya.me.te.o.ki.ma.sho.u.

我們今天先取消吧。

B 残念ですね。他の日にしましょう。

za.n.ne.n.de.su.ne./ho.ka.no.hi.ni.shi.ma.sho.u.

真可惜，那改天吧。

會話情境：比賽時不小心輸了

A 負けたなんて、悔しいです。
ma.ke.ta.na.n.te./ku.ya.shi.i.de.su.
竟然輸了，真不甘心。

B 次頑張ればいいじゃないですか？
tsu.gi.ga.n.ba.re.ba.i.i.ja.na.i.de.su.ka.
下次再努力就好了啦。

🔊 063

會話情境：與朋友聊天表達後悔的語氣

A ちゃんと彼に謝ればよかったのに。
cha.n.to.ka.re.ni.a.ya.ma.re.ba.yo.ka.tta.no.ni.
當初要是好好跟他道歉就好了。

B 今更言っても、しょうがないでしょう。
i.ma.sa.ra.i.tte.mo./sho.u.ga.na.i.de.sho.u.
現在再說這些，也於事無補了吧。

A 彼に対してうしろめたい気持ちです。
ka.re.ni.ta.i.shi.te.u.shi.ro.me.ta.i.ki.mo.chi.de.su.
我對他感到很內疚的心情。

3 每日會發生的事：自我情感表達

→日劇戀愛台詞

說明 以下是戀愛時常用的經典日劇台詞。

◦ 常用短句 ◦　　　　　　　　　 🎵 063

例 愛している。
あい
a.i.shi.te.i.ru.
我愛你。

例 好きです。
す
su.ki.de.su.
我喜歡你。

例 彼女になってください。
かのじょ
ka.no.jo.ni.na.tte.ku.da.sa.i.
請當我女朋友。

例 彼氏になってください。
かれし
ka.re.shi.ni.na.tte.ku.da.sa.i.
請當我男朋友。

例 私と付き合ってください。
わたし　つ　あ
wa.ta.shi.to.tsu.ki.a.tte.ku.da.sa.i.
請和我在一起。

例 ○○に告白されました
こくはく
○.○.ni.ko.ku.ha.ku.sa.re.ma.shi.ta.
我被○○告白了。

例 振られました。

fu.ra.re.ma.shi.ta.

我被甩了。

🎵 064

會話情境：當男生向女生告白的時候

男 僕と付き合ってください。

bo.ku.to.tsu.ki.a.tte.ku.da.sa.i.

請和我交往。

女 私でよければ、よろこんで。

wa.ta.shi.de.yo.ke.re.ba.yo.ro.ko.n.de.

如果我就可以的話，我很樂意接受。

會話情境：當女生向男生告白但被打槍的時候

女 私と付き合ってください。

wa.ta.shi.to.tsu.ki.a.tte.ku.da.sa.i.

請和我交往。

男 好きな人がいます。ごめんなさい。

su.ki.na.hi.to.ga.i.ma.su./go.me.n.na.sa.i.

我有喜歡的人了。對不起。

會話情境：男生告白，但女生已經有男友了

男 彼女になってください。

ka.no.jo.ni.na.tte.ku.da.sa.i.

請當我女朋友。

女 彼氏がいるので、ごめんね。

ka.re.shi.ga.i.ru.n.de./go.me.n.ne.

因為我有男朋友了，對不起。

會話情境：男方向女方求婚

男 僕と結婚してください。

bo.ku.to.ke.kko.n.shi.te.ku.da.sa.i.

請和我結婚。

女 えーと、考えておきます。

e.e.to./ka.n.ga.e.te.o.ki.ma.su.

嗯～，我想看看。

◦**小知識**◦

以往在日本2月14日這一天，是日本女孩給喜歡的男孩巧克力，以表達自己的愛慕的心意，而男孩子則會在一個月後的白色情人節3月14日，回禮給女孩子；在日劇中也常看到在學校裡受歡迎的男孩子的抽屜裡，總是在2月14日這一天塞滿巧克力的畫面，但是現在女孩也不單單只送給喜歡的男生巧克力了，有時還會送給、同事、上司等人，這時的巧克力就像是增進人際關係的潤滑劑一樣，像這種沒有滿滿愛意的巧克力就叫作「義理チョコ(gi.ri.cho.ko.)」―人情巧克力。

MP3
附50音發音表

編輯了日本人生活會話以及

旅遊 飲食 購物 學校 職場

PART 4

每日必學餐廳會話

4 每日必學餐廳會話

→進去餐廳的時候

說明 當碰到好像不錯的餐廳時，最常用到的會話橋段是什麼呢？

🎧 065

會話情境：到餐廳吃飯時

Ⓐ いらっしゃいませ。
i.ra.ssha.i.ma.se.
歡迎光臨。

何名様でいらっしゃいますか？
na.n.me.i.sa.ma.de.i.ra.ssha.i.ma.su.ka.
請問幾個人呢？

Ⓑ 二人です。
fu.ta.ri.de.su.
兩人。

Ⓐ こちらへどうぞ。
ko.chi.ra.e.do.u.zo.
這邊請。

Ⓑ あのう、トイレはどこですか？
a.no.u./to.i.re.wa.do.ko.de.su.ka.
請問廁所在哪裡？

Ⓐ まっすぐ行って、右側にあります。
ma.ssu.gu.i.tte./mi.gi.ga.wa.ni.a.ri.ma.su.
直直走，在右手邊。

B ありがとうございます。

a.ri.ga.to.u.go.za.i.ma.su.

謝謝。

A どういたしまして。

do.u.i.ta.shi.ma.shi.te.

不客氣。

替換單字練習　　　　　　MP3 066

● 一人
ひとり

hi.to.ri.

一人

● 二人
ふたり

fu.ta.ri.

兩人

● 三人
さんにん

sa.n.ni.n.

三人

● 四人
よにん

yo.ni.n.

四人

● 五人
ごにん

go.ni.n.

五人

● 六人
ろくにん

ro.ku.ni.n.

六人

|會話|情境|：詢問服務員有無空位

A いらっしゃいませ。

i.ra.ssha.i.ma.se.

歡迎光臨。

B 二人用の席はありますか？

fu.ta.ri.yo.u.no.se.ki.wa.a.ri.ma.su.ka.

請問有兩人的座位嗎？

A 申し訳ございません。今満席です。

mo.u.shi.wa.ke.go.za.i.ma.se.n./i.ma.ma.n.se.ki.
de.su.

對不起，現在客滿。

B どれくらい待てば、空席がでるのでしょうか？

do.re.ku.ra.i.ma.te.ba./ku.u.se.ki.ga.a.ru.no.de.
sho.u.ka.

等多久會有空位子呢？

A 今日は予約でいっぱいなのですが…。

kyo.u.wa.yo.ya.ku.de.i.ppa.i.na.no.de.su.ga.

今天預約都很滿了耶。

|會話|情境|：詢問服務員可否帶寵物

A いらっしゃいませ。

i.ra.ssha.i.ma.se.

歡迎光臨。

B ペット連れでも大丈夫ですか？

pe.tto.zu.re.de.mo.da.i.jo.u.bu.de.su.ka.

請問帶寵物也可以嗎？

A 大丈夫です。中へどうぞ。

da.i.jo.u.bu.de.su./na.ka.e.do.u.zo.

沒關係，裡面請。

───◦ 小知識 ◦───

在日本喜歡貓咪的人非常多，因為日本是重視集體生活的社會，在這種文化壓力下，日本人很羨慕貓咪那種天生不聽他人使喚，總是以自己高興為原則的個性，像這種讓人又愛又恨的個性讓許多人也甘願成為貓奴；而貓咪天生就是一個マイペース(ma.i.pe.e.su.)的動物，總是想做什麼就做什麼、不顧他人眼光、總以自我為主的個性獲得許多日本人的喜愛。

在日本也開發出很多關於貓咪的心靈療癒性商品，連在人的個性上還會區分為貓派或狗派，通常不太順應他人意見，始終堅持自己的想法、較獨立的個性都會被歸類到「猫派(ne.ko.ha.)」，而會順從他人意見、顧慮別人的看法而改變自己的個性、較黏人則會歸類到「犬派(i.nu.ha.)」。

→有推薦的餐點嗎？

說明 當在日本餐廳時既看不懂日文菜單，也不知道該點哪種菜時，可使用的餐廳常用會話。

◦常用短句◦　　　　　　　　　　🎧 067

例 お勧めの料理はありますか？

o.su.su.me.no.ryo.u.ri.wa.a.ri.ma.su.ka.

有推薦的料理嗎？

例 お勧めのワインは何ですか？

o.su.su.me.no.wa.i.n.wa.na.n.de.su.ka.

推薦的紅酒是什麼？

例 お子様ランチはありますか？

o.ko.sa.ma.ra.n.chi.wa.a.ri.ma.su.ka.

有兒童餐嗎？

例 精進料理はありますか？

sho.u.ji.n.ryo.u.ri.wa.a.ri.ma.su.ka.

有素食嗎？

🎧 068

會話情境：請服務員推薦料理

Ⓐ ご注文はお決まりですか？

go.ju.u.mo.n.wa.o.ki.ma.ri.de.su.ka.

請問決定點餐了嗎？

B お勧めの料理はありますか？

o.su.su.me.no.ryo.u.ri.wa.a.ri.ma.su.ka.

有推薦的料理嗎？

A 海鮮パスタがお勧めです。

ka.i.se.n.pa.su.ta.ga.o.su.su.me.de.su.

我推薦海鮮義大利麵。

B それでは、これをください。

so.re.de.wa./ko.re.o.ku.da.sa.i.

那就請給我這個。

會話情境：請服務生推薦紅酒

A ご注文はよろしいでしょうか？

go.chu.u.mo.n.wa.yo.ro.shi.i.de.sho.u.ka.

請問可以點餐了嗎？

B お勧めのワインは何ですか？

o.su.su.me.no.wa.i.n.wa.na.n.de.su.ka.

推薦的飲料是什麼？

A パルコというワインをお勧めします。

pa.ru.ko.to.i.u.wa.i.n.o.o.su.su.me.shi.ma.su.

我推薦的是叫作趴魯閣的紅酒。

B これください。

ko.re.ku.da.sa.i.

請給我這個。

➡詢問餐點內容

說明 在餐廳點餐時的常用會話。

🔊 069

會話情境:想了解套餐內容

Ⓐ このコースに付いている物は何ですか？

ko.no.ko.o.su.ni.tsu.i.te.i.ru.mo.no.wa.na.n.de.
su.ka.

這套餐有附什麼東西嗎？

Ⓑ ケーキと紅茶が付いています。

ke.e.ki.to.ko.u.cha.ga.tsu.i.te.i.ma.su.

附蛋糕和紅茶。

Ⓐ 紅茶はコーヒーに変えてもいいですか？

ko.u.cha.wa.ko.o.hi.i.ni.ka.e.te.mo.i.i.de.su.ka.

紅茶可以換咖啡嗎？

Ⓑ はい。

ha.i.

可以。

Ⓐ じゃ、このコースにします。

ja.ko.no.ko.o.su.ni.shi.ma.su.

那請給我這套餐。

會話情境：向服務員表達自己不能吃某種食物時

Ⓐ これは牛肉が使われていますか？

ko.re.wa.gyu.u.ni.ku.ga.tsu.ka.wa.re.te.i.ma.su.ka.

這個是牛肉做的嗎？

Ⓑ はい、そうです。

ha.i./so.u.de.su.

是的。

Ⓐ 私は牛肉が食べられないんです。

wa.ta.shi.wa.gyu.u.ni.ku.ga.ta.be.ra.re.na.i.n.de.su.

我不吃牛肉耶。

替換單字練習　　　MP3 070

● 豚肉
bu.ta.ni.ku.
豬肉

● 魚
sa.ka.na.
魚

- 鴨^{かも}
  ka.mo.
  鴨

- マトン
  ma.to.n.
  羊肉

- 鶏肉^{とりにく}
  to.ri.ni.ku.
  雞肉

- 鯨肉^{げいにく}
  ge.i.ni.ku.
  鯨魚肉

會話情境：詢問特餐內容

A いらっしゃいませ。メニューをどうぞ。
i.ra.ssha.i.ma.se./me.nyu.u.o.do.u.zo.
歡迎光臨，請看菜單。

B 今日の日替わりランチは何ですか？
kyo.u.no.hi.ga.wa.ri.ra.n.chi.wa.na.n.de.su.ka.
今天的特餐是什麼？

A カレーとラーメンです。
ka.re.e.to.ra.a.me.n.de.su.
咖哩和拉麵。

B 私はカレーをお願いします。君は？

wa.ta.shi.wa.ka.re.e.o.o.ne.ga.i.shi.ma.su./ki.mi.
wa.

我要咖哩，你呢？

C えーと、私はラーメンにします。

e.e.to./wa.ta.shi.wa.ra.a.me.n.ni.shi.ma.su.

嗯～，我要拉麵。

A お飲み物は何になさいますか？

o.no.mi.mo.no.wa.na.ni.ni.na.sa.i.ma.su.ka.

飲料要喝什麼呢？

B ココア。

ko.ko.a.

可可亞。

C 紅茶

ko.u.cha.

紅茶。

A かしこまりました。少々、お待ちくださ
いませ。

ka.shi.ko.ma.ri.ma.shi.ta./sho.u.sho.u.o.ma.chi.
ku.da.sa.i.ma.se.

我知道了，請待片刻。

◦小◦知◦識◦

日本由於早期民生物資缺乏，加上當時鯨魚尚未被列為保育類動物，因此日本人有吃鯨魚肉的文化，對有些老一輩日本人來說鯨魚肉就像是牛肉、豬肉一樣都是可以用來吃的肉，但是現在由於鯨魚數量逐年減少，保育觀越來越高，許多國家開始紛紛要求不准日本在隨意捕殺鯨魚，所以日本人為了要合法的吃鯨魚肉常常會在包裝上面標榜「調查捕鯨」，藉此規避保育團體的責難，但現在其實很多年輕人都沒吃過鯨魚肉，所以也對鯨魚肉不會特別感興趣。

→點餐常用對話

説明 如果真的都不會講的話，就用萬用短句「請給我這個」手指想要點的東西就可以啦！

🎵 071

會話情境：餐廳點餐

Ⓐ ご注文はお決まりですか？

go.chu.u.mo.n.wa.o.ki.ma.ri.de.su.ka.

請問決定點餐了嗎？

Ⓑ はい。これをください。

ha.i./ko.re.o.ku.da.sa.i.

請給我這個。

會話情境：餐廳點餐

Ⓐ ご注文はよろしいでしょうか？

go.chu.u.mo.n.wa.yo.ro.shi.i.de.sho.u.ka.

請問可以點餐了嗎？

Ⓑ コーヒーをください。

ko.o.hi.i.o.ku.da.sa.i.

請給我咖啡。

替換單字練習

● アイスクリーム
a.i.su.ku.ri.i.mu.
冰淇淋

- ケーキ
  ke.e.ki.
  蛋糕

- 紅茶
  こうちゃ
  ko.u.cha
  紅茶

- ココア。
  ko.ko.a.
  可可亞

會話情境：向服務生點餐

A ご注文はお決まりですか？
go.chu.u.mo.n.wa.o.ki.ma.ri.de.su.ka.
請問決定點餐了嗎？

B A ランチを三つください。
A.ra.n.chi.o.mi.ttsu.ku.da.sa.i.
請給我二個A餐。

替換單字練習

- 一つ
  ひと
  hi.to.tsu.
  一個

- ふた
  二つ
  fu.ta.tsu.
  兩個

- みっ
  三つ
  mi.ttsu.
  三個

- よっ
  四つ
  yo.ttsu.
  四個

- いっ
  五つ
  i.tsu.tsu.
  五個

- むっ
  六つ
  mu.ttsu.
  六個

- なな
  七つ
  na.na.tsu.
  七個

- や
  八つ
  ya.ttsu.
  八個

- ここの
  九つ
  ko.ko.no.tsu.
  九個

→可以幫我拿面紙嗎?

說明 請別人幫你拿東西時該如何表達以及常用
單字介紹。

🎵 072

會話情境:請求別人幫忙拿東西

Ⓐ ティッシュを取ってもらっていいですか?

thi.sshu.o.to.tte.mo.ra.tte.i.i.de.su.ka.

可以幫我拿面紙嗎?

Ⓑ はい、どうぞ。

ha.i./do.u.zo.

好,請拿。

Ⓐ ありがとうございます。

a.ri.ga.to.u.go.za.i.ma.su.

謝謝。

Ⓑ どういたしまして。

do.u.i.ta.shi.ma.shi.te.

不用客氣。

替換單字練習 🎵 073

● 塩
shi.o.
鹽巴

- 胡椒
  こしょう
  ko.sho.u.
  胡椒

- 砂糖
  さとう
  sa.to.u.
  糖

- マヨネーズ
  ma.yo.ne.e.zu.
  美乃滋

- トマトソース
  to.ma.to.so.o.su.
  番茄醬

會話情境：與好友撒嬌要求服務時

A コーラを取って。

ko.o.ra.o.to.tte.

幫我拿可樂。

B 自分で取りに行きなさいよ。

ji.bu.n.de.to.ri.ni.i.ki.na.sa.i.yo.

自己去拿啦。

A 足が痛いから、お願い。

a.shi.ga.i.ta.i.ka.ra./o.ne.ga.i.

我腳痛嘛，拜託啦。

替換單字練習

- **お箸**
  o.ha.shi
  筷子

- **スプーン**
  su.pu.u.n.
  湯匙

- **水**
  mi.zu
  水

→ 形容食物的味道

說明 要向別人說明食物味道時，該如何用日文形容呢？

◦**常用短句**◦　　　　　　　　　　(MP3) 074

例 おいしいです。
o.i.shi.i.de.su.
很好吃。

例 ちょっと口に合わないです。
cho.tto.ku.chi.ni.a.wa.na.i.de.su.
有點不太合我的口味。

例 ちょっと、辛いです。
cho.tto./ka.ra.i.de.su.
有點辣。

會話情境：向朋友形容食物味道

A いただきます。
i.ta.da.ki.ma.su.
我開動了。

B いただきます。
i.ta.da.ki.ma.su.
我也要開動了。

Ⓐ どうですか？

do.u.de.su.ka.

你覺得如何呢？

Ⓑ おいしいです。

o.i.shi.i.de.su.

很好吃。

會話情境：形容食物味道

Ⓐ おいしいですか？

o.i.shi.i.de.su.ka.

好吃嗎？

Ⓑ ちょっと口に合わないです。

cho.tto.ku.chi.ni.a.wa.na.i.de.su.

有點不太合我的口味。

MP3 075

會話情境：問朋友食物味道時

Ⓐ 味はどうですか？

a.ji.wa.do.u.de.su.ka.

味道怎樣？

Ⓑ ちょっと、辛いです。

cho.tto./ka.ra.i.de.su.

有點辣。

替換單字練習

- 苦い。
  ni.ga.i.
  苦

- すっぱい
  su.ppai.
  酸

- しょっぱい
  sho.ppai.
  鹹

- 甘い
  a.ma.i.
  甜

會話情境：與朋友走進拉麵店

Ⓐ このお店はラーメンの種類が多いですね。

ko.no.o.mi.se.wa.ra.a.me.n.no.shu.ru.i.ga.o.o.i.

de.su.ne.

這家店拉麵的種類還真多耶。

Ⓑ ええ、そうですね。

e.e./so.u.de.su.ne.

是呀。

Ⓐ どれにしましょうか？

do.re.ni.shi.ma.sho.u.ka.

要點哪一個呀？

Ⓑ 豚骨ラーメンがおいしそうですね。僕は
豚骨ラーメンにします。

to.n.ko.tsu.ra.a.me.n.ga.o.i.shi.so.u.de.su.ne./

bo.ku.wa.to.n.ko.tsu.ra.a.me.n.ni.shi.ma.su.

豚骨拉麵好像很好吃，我要點豚骨拉麵。

Ⓐ じゃ、私も豚骨ラーメンにします。

ja./wa.ta.shi.mo.to.n.ko.tsu.ra.a.me.n.ni.shi.ma.
su.

那我也點豚骨拉麵。

Ⓑ 豚骨ラーメンを二つください。

to.n.ko.tsu.ra.a.me.n.o.fu.ta.tsu.ku.da.sa.i.

請給我兩碗豚骨拉麵。

─○ 小知識 ○─

日本的拉麵湯頭大多都是非常濃郁，以台灣人的口味來說話算是偏鹹。依日本各地拉麵作法不同但大部分第一次吃日本拉麵的台灣人會覺得鹹到很難將湯喝完；而在日本吃拉麵時，常會聽到「咻咻」吃麵聲，在日本吃飯時發出聲音是不禮貌的行為，但唯獨吃拉麵時發出的咻咻聲是被大家接受的聲音，因為咻咻聲越大代表拉麵越好吃，有機會去日本的拉麵店用餐時，可以觀察看看日本這種吃拉麵的風俗習慣。

另外日本人吃飯前，一定都會先說：「頂きます。(i.ta.da.ki.ma.su.)我要開動了」，會將雙手的手心在胸前合起來，告訴大家自己要開動了，吃飽後也會說一句「ご馳走様でした。(go.chi.so.u.sa.ma.de.shi.ta.)我吃飽了」其語意是用來表示對食物和烹調者的謝意。

→當服務生送錯食物時

說明 當服務生送上的餐點不是你點的東西時該怎麼說呢？或是已經等很久了服務生卻遲遲不送餐時，該如何用日語提醒服務生呢？

○**常用短句**○　　　　　　　　　076

例 これ、注文した物と違いますけど。

ko.re.chu.u.mo.n.shi.ta.mo.no.to.chi ga.i.ma.su.ke.do.

這個和點的東西不一樣耶。

例 これ、注文していませんよ。

ko.re./chu.u.mo.n.shi.te.i.ma.se.n.yo.

這個我沒有點啊。

例 すみません、まだなんですか？

su.mi.ma.se.n/ma.da.na.n.de.su.ka.

請問菜還沒好嗎？

會話情境：服務生送錯餐點-1

Ⓐ お待たせいたしました。

o.ma.ta.se.i.ta.shi.ma.shi.ta.

讓您久等了。

163 •

B これ、注文した物と違いますけど。

ko.re./chu.u.mo.n.shi.ta.mo.no.to.chi.ga.i.ma.
su.ke.do.

這個和點的東西不一樣耶。

會話情境：服務生送錯餐點-2

A お待たせいたしました。

o.ma.ta.se.i.ta.shi.ma.shi.ta.

讓您久等了。

B これ、注文していませんよ。

ko.re./chu.u.mo.n.shi.te.i.ma.se.n.yo.

這個我沒有點唷。

→請再給我一付餐具

說明 當你在日本餐廳用餐時,不小心將餐具等掉在地下時,該怎麼請服務生拿新的餐具給你呢?

🎧 076

會話情境:餐具不小心掉到地上

Ⓐ すみません、これ、落としちゃったんですが。

su.mi.ma.se.n./ko.re./o.to.shi.cha.tta.n.de.su.ga.

不好意思,這個不小心弄掉了。

Ⓑ すぐお持ちいたします。

su.gu.o.mo.chi.i.ta.shi.ma.su.

我馬上幫您拿來。

會話情境:向服務生要餐具

Ⓐ すみません。箸をください。

su.mi.ma.se.n./ha.shi.o.ku.da.sa.i.

不好意思,請給我筷子。

Ⓑ はい、少々お待ちください。

ha.i./sho.u.sho.u.o.ma.chi.ku.da.sa.i.

好,請您稍等。

替換單字練習　　　MP3 077

● 茶碗
ちゃわん
cha.wa.n.
碗

● お皿
さら
o.sa.ra.
盤子

● ストロー
su.to.ro.o.
吸管

● スプーン
su.pu.u.n.
湯匙

→ 表示要外帶或內用

說明 當在麥當勞等這種速食餐廳用餐時，店員通常會詢問你要外帶還是內用，或是當你想要告知店員你想要內用、外帶的日語要怎麼說呢？

○ **常用短句** ○

📻 077

例 ここで食べます

ko.ko.de.ta.be.ma.su.

我要在這邊吃。

例 持ち帰ります。

mo.chi.ka.e.ri.ma.su.

我要外帶。

會話情境：餐廳點餐

A Ａ コースをください。

A.ko.o.su.o.ku.da.sa.i.

請給我A套餐。

B 店内でお召し上がりですか、お持ち帰りですか？

te.n.na.i.de.o.me.shi.a.ga.ri.de.su.ka.o.mo.chi.
ka.e.ri.de.su.ka.

請問是內用還是外帶？

Ⓐ ここで食べます

ko.ko.de.ta.be.ma.su.

我要在這邊吃。

| 會話情境 | ：討論要在家吃還是要在店裡吃 |

Ⓐ もう八時だから、ちょっと何か食べませんか？

mo.u.ha.chi.ji.da.ka.ra./cho.tto.na.ni.ka.ta.be.ma.se.n.ka.

已經八點了，你要不要吃點東西呀？

Ⓑ 私もおなかが空いたので、何か食べたいですね。

wa.ta.shi.mo.o.na.ka.ga.su.i.ta.no.de./na.ni.ka.ta.be.ta.i.de.su.ne.

我肚子也好餓喔，我也想吃點東西。

Ⓐ この辺にレストランはありますか？

ko.no.he.n.ni.re.su.to.ra.n.wa.a.ri.ma.su.ka.

這附近有餐廳嗎？

Ⓑ レストランはここから遠いですよ。もし良かったら、家で食べませんか？

re.su.to.ra.n.wa.ko.ko.ka.ra.to.o.i.de.su.yo./mo.shi.yo.ka.tta.ra./i.e.de.ta.be.ma.se.n.ka.

餐廳離這邊有點遠，如果你願意的話，要不要在我家吃飯？

A いいんですか？

i.i.n.de.su.ka.

可以嗎？

B もちろんです。一緒に食べましょう。

mo.chi.ro.n.de.su./i.ssho.ni.ta.be.ma.sho.u.

當然！我們一起吃吧。

078

會話情境：麥當勞點餐

A L サイズのポテトをください。

L.sa.i.zu.no.po.te.to.o.ku.da.sa.i.

請給我L號的薯條。

B 店内でお召し上がりですか？

te.n.na.i.de.o.me.shi.a.ga.ri.de.su.ka.

請問是內用嗎？

A いいえ、持ち帰ります。

i.i.e./mo.chi.ka.e.ri.ma.su.

不是，我要外帶。

B 以上でよろしいですか？

i.jo.u.de.yo.ro.shi.i.de.su.ka.

這樣就可以了嗎？

A はい。

ha.i.

對的。

━━━━━━━━━━━◦ 小知識 ◦━━━━━━━━━━━

在日本的麥當勞的飲料以及薯條的大小都是用
S、M、L尺寸來區分，而依各地經濟水準不同，
日本東京麥當勞的價格大約為日幣650円～880
円、罐裝果汁/茶350ml約120日圓、寶特瓶裝的
果汁/茶約150日圓、通常是台灣消費的3～4
倍。

4 每日必學餐廳會話

→這位子有人坐嗎？

說明 當去美食街等，沒有服務生會幫你帶位時，該怎麼詢問陌生人旁邊的空位可不可以坐呢？

🎵 078

會話情境：確認有無空位

A あのう、ここは空いていますか？
a.no.u./ko.ko.wa.a.i.te.i.ma.su.ka.
請問這邊有空位嗎？

B どうぞ。
do.u.zo.
請坐。

🎵 079

會話情境：詢問座位

A 隣に座ってもいいですか？
to.na.ri.ni.su.wa.tte.mo.i.i.de.su.ka.
請問可以坐您旁邊嗎？

B すみません。ここは空いていません。
su.mi.ma.se.n./ko.ko.wa.a.i.te.i.ma.se.n.
不好意思，這邊沒空位了。

會話情境：拿別人椅子的時候

Ⓐ あのう、この椅子を使ってもいいです
か？

a.no.u./ko.no.i.su.o.tsu.ka.tte.mo.i.i.de.su.ka.

請問我可以使用這椅子嗎？

Ⓑ いいですよ。どうぞ。

i.i.de.su.yo./do.u.zo.

可以呀，請拿。

Ⓐ ありがとうございます。

a.ri.ga.to.u.go.za.i.ma.su.

謝謝。

→洗手間在哪裡？

說明 這句也是出國必會短句，請參考以下對話。

🎵 079

會話情境：出國常用句

Ⓐ あのう、トイレはどこですか？

a.no.u./to.i.re.wa.do.ko.de.su.ka.

請問廁所在哪裡呀？

Ⓑ あそこです。

a.so.ko.de.su.

在那邊。

Ⓐ ありがとうございます。

a.ri.ga.to.u.go.za.i.ma.su.

謝謝。

🎵 080

會話情境：向人詢問洗手間在哪裡時

Ⓐ あのう、手を洗いたいんですが。

a.no.u./te.o.a.ra.i.ta.i.n.de.su.ga.

我想洗一下手。

Ⓑ あそこにお手洗いがあります。

a.so.ko.ni.o.te.a.ra.i.ga.a.ri.ma.su.

那邊有洗手間。

Ⓐ ありがとうございます。

a.ri.ga.to.u.go.za.i.ma.su.

謝謝。

───○小知識○───

日本的廁紙是碰到水就可以溶解的材質，所以在
日本是可以直接把衛生紙丟進馬桶裡，而日本的
廁所大部分都會放置廁紙，方便民眾使用而女廁
馬桶旁邊通常會放置小型垃圾桶，用來丟衛生棉
等生理用品。另外日本人洗完手後通常會用自己
所攜帶的手帕擦乾手。

→結帳

說明 此篇要介紹結帳時會用到的日語短句，當不想給別人請，想要各付各的時候該怎麼講呢？以及要請別人時該怎麼表達呢？

🎵 080

會話情境：餐廳結帳時

Ⓐ 会計お願いします。
ka.i.ke.i.o.ne.ga.i.shi.ma.su.
請幫我結帳。

Ⓑ 合計で三千円になります。
go.u.ke.i.de.sa.n.ze.n.ni.na.ri.ma.su.
合計是三千塊。

Ⓐ 勘定は別々にお願いします。
ka.n.jo.u.wa.be.tsu.be.tsu.ni.o.ne.ga.i.shi.ma.su.
請幫我分開結帳。

🎵 081

會話情境：與好友吃飯

Ⓐ おなかがいっぱいだ。
o.na.ka.ga.i.ppa.i.da.
肚子好撐唷。

B そろそろ帰りましょう。

so.ro.so.ro.ka.e.ri.ma.sho.u.

那準備回家吧。

A 今日は奢ります。

kyo.u.wa.o.go.ri.ma.su.

今天我請客。

會話情境：請朋友吃飯

A もう遅いから、そろそろ帰りましょう。

mo.u.o.so.i.ka.ra./so.ro.so.ro.ka.e.ri.ma.sho.u.

已經很晚了，該回家了吧。

B 早く帰らないと、終電に間に合わないか
もしれませんね。

ha.ya.ku.ka.e.ra.na.i.to./shu.u.de.n.ni.ma.ni.a.
wa.na.i.ka.mo.shi.re.ma.se.n.ne.

不快回去的話，可能會搭不上末班電車唷。

A お勘定お願いできますか？

o.ka.n.jo.u.o.ne.ga.i.de.ki.ma.su.ka.

可以幫我結帳嗎。

C はい、別々でお支払いですか、それとも
一緒にしますか？

ha.i./be.tsu.be.tsu.de.o.shi.ha.ra.i.de.su.ka./so.
re.to.mo.i.ssho.ni.shi.ma.su.ka.

請問要分開結，還是一起結呢？

4 毎日必學餐廳會話

B 別々で支払いましょう。

be.tsu.be.tsu.de.shi.ha.ra.i.ma.sho.u.

我們分開結吧。

A いや、今日は僕が奢ります。

i.ya./kyo.u.wa.bo.ku.ga.o.go.ri.ma.su.

不，今天讓我請。

B そうですか？どうもすみません。

so.u.de.su.ka./do.u.mo.su.mi.ma.se.n.

是嗎，那真是不好意思。

A いいえ、いつもBさんにお世話になって
いますから。

i.i.e./i.tsu.mo.B.sa.n.ni.o.se.wa.ni.na.tte.i.ma.su.
ka.ra.

那會，因為一直以來多虧您的照顧。

C 合計は五千円でございます。

go.u.ke.i.wa.go.se.n.e.n.de.go.za.i.ma.su.

共五千元。

A カードで支払います。

ka.a.do.de.shi.ha.ra.i.ma.su.

我用信用卡付。

177

小知識

在日本的服務費跟消費稅都是內含在商品費用，跟台灣一樣，因此不用額外擔心小費問題，而且日本是非常守法的國家，搭計程車時或是在餐廳消費時幾乎沒有發生過外國消費者被敲竹槓的新聞，而且在百貨公司買東西時，若消費超過一定金額時，還可以去服務台將消費稅退還。日本是以客戶為尊的文化，就算只是進店內看看也不會被店員擺臉色，詢問商品時也會友善說明。

編輯了日本人生活會話以及

旅遊 飲食 購物 學校 職場

PART 5

每日必學購物會話

➜在購買前會使用的短句

說明 「我只想看看」的日文該怎說？當碰到過於積極的店員一直跟著您詢問您要找什麼時，該怎麼跟她說你只是想看看呢？

MP3 082

會話情境：不想買只想看的時候

Ⓐ 何をお探しですか？

na.ni.o.o.sa.ga.shi.de.su.ka.

請問您在找什麼？

Ⓑ ちょっと、見ているだけです。

cho.tto./mi.te.i.ru.da.ke.de.su.

我只是看看而已。

Ⓐ どうぞごゆっくりご覧ください。

do.u.zo.go.yu.kku.ri.go.ra.n.ku.da.sa.i.

請您慢慢看。

會話情境：遇到熱心店員積極幫你介紹時

Ⓐ いらっしゃいませ。何をお探しですか？

i.ra.ssha.i.ma.se./na.ni.o.o.sa.ga.shi.de.su.ka.

歡迎光臨，請問您在找什麼呢？

B いいえ、別に。見ているだけです。
i.i.e./be.tsu.ni./mi.te.i.ru.da.ke.de.su.
我沒有要找什麼，我只是看看而已。

A どうぞごゆっくりご覧ください
do.u.zo.go.yu.kku.ri.go.ra.n.ku.da.sa.i.
請您慢慢看。

→女裝區在哪裡?

說明 當到了大型購物中心想要快速找到自己想逛的區域時這句就非常好用,同樣句型您只需更換單字就可以囉!

🔊 083

|會|話|情|境|:詢問商品區

A レディスコーナーはどこにありますか?
re.di.su.ko.o.na.a.wa.do.ko.ni.a.ri.ma.su.ka.
女士專區在哪裡呀?

B 三階にあります
sa.n.ga.i.ni.a.ri.ma.su.
在三樓。

替|換|單|字|練|習

● キッズ
ki.zzu.
兒童

● 水着
mi.zu.gi.
泳衣

● メンズ
me.n.zu.
男士

- バッグ
  ba.ggu.
  包包

- 靴（くつ）
  ku.tsu.
  鞋子

- 電気（でんき）
  de.n.ki.
  電器

(MP3) 084

會話情境：想買特種物品時

Ⓐ サンダルを買（か）いたいんですけど。
　 sa.n.da.ru.o.ka.i.ta.i.n.de.su.ke.do.
　 我想要買涼鞋。

Ⓑ 靴（くつ）コーナーは一階（いっかい）にあります。
　 ku.tsu.ko.o.na.a.wa.i.kka.i.ni.a.ri.ma.su.
　 鞋子專區在一樓。

替換單字練習

- デジカメ
  de.ji.ka.me.
  數位相機

- ハイヒール
ha.i.hi.i.ru.
高跟鞋

- 香水
こうすい
ko.u.su.i.
香水

- 腕時計
うでどけい
u.de.do.ke.i.
手錶

- 化粧品
けしょうひん
ke.sho.u.hi.n.
化妝品

- 子供用品
こどもようひん
ko.do.mo.yo.u.hi.n.
兒童用品

- 財布
さいふ
sa.i.fu.
錢包

- お土産
みやげ
o.mi.ya.ge.
土產

→可以刷卡嗎？

說明 在日本也不是每一家店都可以刷卡的，所以買東西前還是先問一下吧！

🎵 085

會話情境：在商店買東西結帳

Ⓐ 合計は三万円になります。

go.u.ke.i.wa.sa.n.ma.ne.n.ni.na.ri.ma.su.

合計是三萬元。

Ⓑ カードを使えますか？

ka.a.do.o.tsu.ka.e.ma.su.ka.

可以使用信用卡嗎？

Ⓐ はい、使えます。

ha.i./tsu.ka.e.ma.su.

可以使用。

Ⓑ じゃ、カードで。

ja./ka.a.do.de.

那我用卡片結帳。

Ⓐ サインをお願いします。

sa.i.n.o.o.ne.ga.i.shi.ma.su.

請簽名。

會話情境：現金不足時

A カードでも払えますか？

ka.a.do.de.mo.ha.ra.e.ma.su.ka.

可以用信用卡付錢嗎？

B 申し訳ございません。

mo.u.shi.wa.ke.go.za.i.ma.se.n.

對不起。

当店は現金払いのみです。

to.u.te.n.wa.ge.n.ki.n.ba.ra.i.no.mi.de.su.

我們店只收現金。

A それじゃ、結構です。

so.re.ja./ke.kko.u.de.su.

那我不要了。

→ 寄物區在哪裡呢？

說明 日本是非常好購物的天堂，當你發現你再也提不動時可以利用寄物區，本單元介紹日本寄物櫃的日文！

🎵 086

會話情境：詢問置物箱

Ⓐ コインロッカーはどこにありますか？

ko.i.n.ro.kka.a.wa.do.ko.ni.a.ri.ma.su.ka.

請問哪裡有寄物櫃呀？

Ⓑ こちらへどうぞ。

ko.chi.ra.e.do.u.zo.

這邊請。

會話情境：請店員幫忙寄放

Ⓐ この荷物を預けてもいいですか？

ko.no.ni.mo.tsu.o.a.tsu.ke.te.mo.i.i.de.su.ka.

可以寄放這行李嗎？

Ⓑ はい、お預かりします。

ha.i./o.a.tsu.ka.ri.shi.ma.su.

可以，我幫您寄放。

○小知識○

日木每年7月與1月是購物季，如果買了太多戰
利品，旅途中又要提著大包小包的行李，真的是
相當累人的事情，若懂寄物櫃的使用就可以減輕
負擔，日本的飛機場和主要車站，都會設置了許
多不同大小的置物櫃，但大家要記好是放在哪一
區的置物櫃，因為光日本的新宿車站就比台北車
站大上好幾倍，若是忘記放在哪區的置物櫃的
話，會很麻煩。

而日本置物櫃分成大型、中型、小型三種，方便
各種旅客使用且費用也看置物櫃的大小而有所不
同，依地方區域收取的寄物費用不同，但大致上
是分為600日圓/1日、400日圓/1日、300日圓/1
日。最小的置物櫃通常為50cm×50cm的大小，可
放小型包包；日本的治安雖然很好，不過為了提
防萬一，貴重物品最好還是不要放在置物櫃內，
最好隨身攜帶。另外在日本使用置物櫃時要自行
準備硬幣，因為置物櫃通常是無法找錢的唷。

→尋找廉價品

說明 在日本很少有攤販會讓你殺價，所以可以用委婉的語氣來表達你想買再便宜一點的東西。

🎵 MP3 087

會話情境：在攤販買東西

Ⓐ これはいくらですか？

ko.re.wa.i.ku.ra.de.su.ka.

這多少錢？

Ⓑ 二万円です。

ni.ma.n.e.n.de.su.

二萬元。

Ⓐ もっと安いのはありますか？

mo.tto.ya.su.i.no.wa.a.ri.ma.su.ka.

有更便宜的嗎？

Ⓑ はい、あります。ご予算は？

ha.i./a.ri.ma.su./go.yo.sa.n.wa.

有的，請問您的預算是？

Ⓐ 一万円ぐらいです。

i.chi.ma.n.e.n.gu.ra.i.de.su.

一萬元左右。

Ⓑ これは一万円です。

ko.re.wa.i.chi.ma.n.e.n.de.su.

這是一萬元的。

Ⓐ これ、ください。

ko.re./ku.da.sa.i.

那請給這個。

會話情境:在百貨公司購買電器時

Ⓐ あのう、小型のカメラを探しているんですが。

a.no.u./ko.ga.ta.no.ka.me.ra.o.sa.ga.shi.te.i.ru.n.de.su.ga.

我在找小型的照相機

Ⓑ こちらはいかがですか？今年の流行のデザインです。

ko.chi.ra.wa.i.ka.ga.de.su.ka./ko.to.shi.no.ha.ya.ri.no.de.za.i.n.de.su.

這個如何呢？這是今年流行的設計。

Ⓐ おいくらですか？

o.i.ku.ra.de.su.ka.

這個多少錢呢？

Ⓑ 今、安くなっております。三万円です。

i.ma./ya.su.ku.na.tte.o.ri.ma.su./sa.n.ma.n.e.n.de.su.

現在有變便宜，三萬元。

Ⓐ ちょっと高いですね。

cho.tto.ta.ka.i.de.su.ne.

有點貴耶。

B じゃ、こちらのほうはいかがでしょうか？

ja./ko.chi.ra.no.ho.u.wa.i.ka.ga.de.sho.u.ka.

那這個呢？

A いいですね。値段も安いですし、それを
ください。

i.i.de.su.ne./ne.da.n.mo.ya.su.i.de.su.shi./so.re.
o.ku.da.sa.i.

不錯耶，價錢又便宜，請給我那個。

B はい、ありがとうございます。

ha.i./a.ri.ga.to.u.go.za.i.ma.su.

好的，感謝您。

───◦小知識◦───

日本服務業界的營業時間依不同行業而有相當大
的差異。大多數百貨公司會在10～11點開始營
業，20～21點或是更早結束營業，越偏僻的地
方通常都是越早結束營業，提前出門才是上策，
會開到很晚的店大多都是餐廳或是聲色場所居
多。

→現在有折扣嗎？

說明 在百貨公司等商店要買東西時，也可以順便問問看店員有沒有折扣，若是剛好去日本運氣好碰到跳樓大拍賣時，有時會分區折扣，類似這種短句就很派的上用場！

。常用短句。

MP3 088

例 割引がありますか？
wa.ri.bi.ki.ga.a.ri.ma.su.ka.
有折扣嗎？

例 値引きはありますか？
ne.bi.ki.wa.a.ri.ma.su.ka.
有折價嗎？

例 これはセール品ですか？
ko.re.wa.se.e.ru.hi.n.de.su.ka.
這個是特價品嗎？

會話情境：去百貨公司買東西

A 新商品は割引がありますか？
shi.n.sho.u.hi.n.wa.wa.ri.bi.ki.ga.a.ri.ma.su.ka.
新品有折扣嗎？

B 新商品は10％オフがあります。

shi.n.sho.u.hi.wa.ju.ppa.a.se.n.to.o.fu.ga.a.ri.
ma.su.

新品有打9折。

A あれを見せてください。

a.re.o.mi.se.te.ku.da.sa.i.

請給我看那個。

B それはさらに30 ％オフできますよ。

so.re.wa.sa.ra.ni.sa.n.ju.ppa.a.se.n.to.o.fu.de.ki.
ma.su.yo.

那個還可以再打7折唷。

🎵 089

會話情境：去百貨買降價商品

A これ、値引きはありますか？

ko.re./ne.bi.ki.wa.a.ri.ma.su.ka.

這個有降價嗎？

B はい、値札よりさらに10％オフです。

ha.i./ne.fu.da.yo.ri.sa.ra.ni.ju.ppa.a.se.n.to.o.fu.
de.su.

有，吊牌價格再9折。

A 安い！これください。

ya.su.i./ko.re.ku.da.sa.i.

真便宜！請給我這個。

Ⓐ これはセール品ですか？

ko.re.wa.se.e.ru.hi.n.de.su.ka.

這個是特價品嗎？

Ⓑ はい、そうです。試着してみますか？

ha.i./so.u.de.su./shi.cha.ku.shi.te.mi.ma.su.ka.

是的，要試穿看看嗎？

──◦ 小知識 ◦──

想去日本購物的朋友可以選擇7月或是1月份去，
那時候是日本的瘋狂折扣月，人潮蜂擁而且有很
多很超值的福袋可以搶購，比台灣百貨公司周年
慶的折扣還優惠很多，每家店會在特定時間再來
個特別折扣，有時還會到1折，但注意日本說的
90％，就是台灣說的1折。

→對商品有疑問時

說明 當想詢問商品顏色時該怎麼說呢？

MP3 090

會話情境：在服飾店買東西時

Ⓐ いらっしゃいませ。
i.ra.ssha.i.ma.se.
歡迎光臨。

Ⓑ スカートを探しています。
su.ka.a.to.o.sa.ga.shi.te.i.ma.su.
我在找裙子。

Ⓐ スカートならこちらへどうぞ。
su.ka.a.to.na.ra.ko.chi.ra.e.do.u.zo.
裙子的話，這邊請。

Ⓑ このスカートはかわいいですね。
ko.no.su.ka.a.to.wa.ka.wa.i.i.te.su.ne.
這個裙子真可愛！

Ⓐ これは今季の新商品ですよ。
ko.re.wa.ko.n.ki.no.shi.n.sho.u.hi.n.de.su.yo.
這個是這季的新商品。

Ⓑ 他の色はありますか？
ho.ka.no.i.ro.wa.a.ri.ma.su.ka.
有其他的顏色嗎？

Ⓐ ブルーとピンクがあります。

bu.ru.u.to.pi.n.ku.ga.a.ri.ma.su.

有藍色還有粉紅色。

Ⓑ じゃ、ブルーにします。

ja./pu.ru.u.ni.shi.ma.su.

那我要藍色。

替換單字練習

- 茶色 <small>ちゃいろ</small>
  cha.i.ro.
  咖啡色

- 黒 <small>くろ</small>
  ku.ro.
  黑也

- 白 <small>しろ</small>
  shi.ro.
  白色

- 緑 <small>みどり</small>
  mi.do.ri.
  綠色

- グレー
  gu.re.e.
  灰色

● ベージュ
be.e.ju.
膚色

🎧 091

會話情境：在服飾店購買外套

Ⓐ いらっしゃいませ。何をお探しですか、
お嬢様。

i.rra.sha.i.ma.se./na.ni.o.o.sa.ga.shi.de.su.ka/o.
jo.u.sa.ma.

歡迎光臨，要找什麼呢？小姐。

Ⓑ このコートを試着したいです。

ko.no.ko.o.to.o.shi.cha.ku.shi.ta.i.de.su.

我想試穿這件外套。

Ⓐ お客様のサイズは？

o.kya.ku.sa.ma.no.sa.i.zu.wa.

客人您的尺寸是？

Ⓑ M サイズです。

M.sa.i.zu.de.su.

M號。

Ⓐ これはご希望のサイズでございますか？

ko.re.wa.go.ki.bo.u.no.sa.i.zu.de.go.za.i.ma.su.
ka.

這就是您要的尺寸嗎？

B このコートは洗濯（せんたく）しても、色落（いろお）ちしませんか？

ko.no.ko.o.to.wa.se.n.ta.ku.shi.te.mo./i.ro.o.chi.shi.ma.se.n.ka.

這件外套就算洗後也不會退色嗎？

替換單字練習

● Tシャツ
T.sha.tsu.
T恤

● キャミソール
kya.mi.so.o.ru.
女用細肩帶背心

● タンクトップ
ta.n.ku.to.ppu.
無袖背心

● パーカー
pa.a.ka.a.
連帽外套

● レイヤード
re.i.ya.a.do.
假兩件式衣服／多層次穿搭

- セーター
  se.e.ta.a.
  毛衣

- ジャケット
  ja.ke.tto.
  夾克

🎤 092

會話情境：對於店員推薦的東西不是很喜歡時

A このカーディガンはSサイズがあります
か？

ko.no.ka.a.di.ga.n.wa.S.sa.i.zu.ga.a.ri.ma.su.ka.
這個針織外套有S號嗎？

B カーディガンはすべてワンサイズです
が、

ka.a.di.ga.n.wa.su.be.te.wa.n.sa.i.zu.de.su.ga.
針織外套全部都是同一尺寸。

お客様のスタイルにぴったり合うと思い
ますよ。

o.kya.ku.sa.ma.no.su.ta.i.ru.ni.pi.tta.ri.a.u.to.o.
mo.i.ma.su.yo.
但我覺得會適合客人您的身材唷。

Ⓐ 洗濯したら、縮みませんか？

se.n.ta.ku.shi.ta.ra./chi.ji.mi.ma.se.n.ka.

洗後也不會縮水嗎？

Ⓑ ちょっとだけ、縮むと思いますが、

cho.tto.da.ke./chi.ji.mu.to.o.i.ma.su.ga.

我想會縮小一點點唷，

こちらのパーカーなら、洗濯しても縮みませんよ。

ko.chi.ra.no.pa.a.ka.a.na.ra./se.n.ta.ku.shi.te.mo.chi.ji.mi.ma.se.n.yo.

但如果是這件連帽外套的話，就算洗也不會縮水唷。

Ⓑ ちょっと見せてください。

cho.tto.mi.se.te.ku.da.sa.i.

請讓我看看。

Ⓐ かわいいですし、高くないんです。これはいかがでしょうか？

ka.wa.i.i.de.su.shi./ta.ka.ku.na.i.n.de.su./ko.re.wa.i.ka.ga.de.sho.u.ka.

這件很可愛又不會很貴，您覺得如何呢？

Ⓑ このようなデザインはちょっと…。

ko.no.yo.u.na.de.za.i.n.wa.cho.tto.

但這樣的設計有點…。

MP3 093

會話情境：想買牛仔褲但試穿後發現太長

A ジーパンを買いたいんですが。

ji.i.pa.n.o.ka.i.ta.i.n.de.su.ga.

我想買牛仔褲。

B これはいかがでしょうか？よく売れていますよ。

ko.re.wa.i.ka.ga.de.sho.u.ka./yo.ku.u.re.te.i.ma.su.yo.

這件怎樣呢？賣得很好唷。

A 綺麗ですね。試着したいです。

ki.re.i.de.su.ne./shi.cha.ku.shi.ta.i.de.su.

真是漂亮耶，我想試穿。

B 試着ルームはあそこです。

shi.cha.ku.ru.u.mu.wa.a.so.ko.de.su.

試衣間在那邊。

A ちょっと長すぎますね。裾上げしてもらえませんか？

cho.tto.na.ga.su.gi.ma.su.ne./su.so.a.ge.shi.te.mo.ra.e.ma.se.n.ka.

有點過長耶，可以幫我改短嗎？

會話情境：要買的鞋子已經沒有貨時

Ⓐ このハイヒールは L サイズがありますか？

ko.no.ha.i.hi.i.ru.wa.L.sa.i.zu.ga.a.ri.ma.su.ka.

這個高跟鞋有L號嗎？

Ⓑ これは L サイズです。どうぞそこで履いてみてください。

ko.re.wa.L.sa.i.zu.de.su./do.u.zo.so.ko.de.ha.i.te.mi.te.ku.da.sa.i.

這是L號，請在那邊試穿看看。

Ⓐ ちょっと大きいですね。小さいのに換えてもらえませんか？

cho.tto.o.o.ki.i.de.su.ne./chi.i.sa.i.no.ni.ka.e.te.mo.ra.e.ma.se.n.ka.

有點大耶，可以幫我換小一點的嗎？

Ⓑ M サイズはただ今品切れですが。

M.sa.i.zu.wa.ta.da.i.ma.shi.na.gi.re.de.su.ga

M號的現在沒貨耶，

S サイズでもよろしいでしょうか？

S.sa.i.zu.de.mo.yo.ro.shi.i.de.sho.u.ka.

S號可以嗎？

Ⓐ じゃ、S サイズを履いてみます。

ja./S.sa.i.zu.o.ha.i.te.mi.ma.su.

那我穿穿看S號。

B 大きさはどうですか？

o.o.ki.sa.wa.do.u.de.su.ka.

大小如何呢？

A 足にぴったりです。Sサイズにします。

a.shi.ni.pi.tta.ri.de.su./S.sa.i.zu.ni.shi.ma.su.

很合腳，我要買S號。

094

會話情境：要買的靴子不合腳

A このブーツを試着したいです。

ko.no.bu.u.tsu.o.shi.cha.ku.shi.ta.i.de.su.

我想試穿這個靴子。

B お客様のサイズは？

o.kya.ku.sa.ma.no.sa.i.zu.wa.

客人您的尺寸是？

A 29号です。

ni.ju.u.gyu.u.go.u.de.su.

29號。

B どうぞ履いてみてください。

do.u.zo.ha.i.te.mi.te.ku.da.sa.i

請穿穿看。

A ありがとうございます。

a.ri.ga.to.u.go.za.i.ma.su.

謝謝。

B きついですか？

ki.tsu.i.de.su.ka.

很緊嗎？

A ちょっときついですね、大きいサイズが
ありますか？

cho.tto.ki.tsu.i.de.su.ne./o.o.ki.i.sa.i.zu.ga.a.ri.
ma.su.ka.

有點緊耶，有大號的尺寸嗎？

B はい、あります。

ha.i./a.ri.ma.su.

有。

A 履いてみます。

ha.i.te.mi.ma.su.

我穿穿看。

B いかがでしょうか？

i.ka.ga.de.sho.u.ka.

如何呢？

A なんか合わないですね。

na.n.ka.a.wa.na.i.de.su.ne.

還是不太合耶。

5 毎日必學購物會話

MP3 095

會話情境：不喜歡店員為你挑選的商品時

Ⓐ 革靴を買いたいですが。

ka.wa.gu.tsu.o.ka.i.ta.i.de.su.ga.

我想買皮鞋。

Ⓑ これはいかがでしょうか？

ko.re.wa.i.ka.ga.de.sho.u.ka.

這個如何呢？

皮が柔らかいし、つやもきれいですよ。

ka.wa.ga.ya.wa.ra.ka.i.shi./tsu.ya.mo.ki.re.i.de.

su.yo.

皮很軟而且光澤也很漂亮。

Ⓐ この色はちょっと…。

ko.no.i.ro.wa.cho.tto.

但這顏色…。

Ⓑ じゃ、この色はいかがでしょうか？

ja./ko.no.i.ro.wa.i.ka.ga.de.sho.u.ka.

那這顏色如何呢？

Ⓐ この色はやはり濃すぎますね。

ko.no.i.ro.wa.ya.ha.ri.ko.su.gi.ma.su.ne.

這個顏色還是太深了。

替換單字練習

● ロングブーツ
ro.n.gu.bu.u.tsu
長靴

● ミドルブーツ
mi.do.ru.bu.u.tsu.
中長靴

● ショートブーツ
sho.o.to.bu.u.tsu
短靴

● スニーカー
su.ni.i.ka.a.
布鞋

● スリッパ
su.ri.ppa.
拖鞋

● サンダル
sa.n.da.ru.
涼鞋

5 每日必學購物會話

∘**小知識**∘

日本重要節日介紹：
<ruby>元旦<rt>がんたん</rt></ruby>

1月1日。正月的第一天，日本在12月31日晚上會跟家人一起看NHK播放的「紅白歌合戰」來歡慶新的一年的到來。

<ruby>建国記念の日<rt>けんこくきねん ひ</rt></ruby>

2月11日。相當於我國10月10日國慶日，傳說是日本第一位天皇在2月11日即位的，因此用這一天來紀念國家的誕生。

みどりの<ruby>日<rt>ひ</rt></ruby>

4月29日。起先是為了要慶祝天皇生日所制訂的國民假日，隨著天皇的改變，這個法定假日也會因此改變，所以後來就制訂於昭和天王的生日4月29日這一天，由於昭和天皇很愛好自然，喜歡綠色植物，所以把這一天改叫為綠色之日的法定假期。

<ruby>憲法記念日<rt>けんぽうきねんび</rt></ruby>

5月3日。慶祝日本在1947年5月3日開始實施日本憲法，憲法為各法律之母而特地設立的國民節日。

こどもの<ruby>日<rt>ひ</rt></ruby>

5月5日。也是日本的端午節（端午の節句），也叫「男孩節」。日本人會在這一天有小男孩的

家庭都會在家中裝飾武士人偶，在掛上鯉魚旗表示希望男孩可健壯長大的意思。

海の日

7月20日。日本作為海洋大國，對於大海的情感可說是不言而喻。為了感謝海洋的富有多種的貢獻，特地設立7月20日為「大海之日」，祈福海洋之國日本的繁榮。

敬老の日

9月15日。為了感謝老年人多年對社會的貢獻，祝福老人長壽平安，特地設立了這個節日。在這一天，日本各市町村都會召開茶話會招待老年人，為他們贈送紀念品。

体育の日

10月10日。為了紀念1964年10月10日舉辦東京奧林匹克，從1966年開始把這一天設立為法定假日。之所以選擇這一天召開奧運會，是因為根據天文史書記載這一天天氣通常都很晴朗。

文化の日

11月3日。為慶祝明治天皇的生日也叫所制訂的休假，同時也是為了紀念1946年11月3日日本憲法公佈。

天皇誕生日

12月23日。1933年12月23日為明仁天皇的生日，在這一天，天皇、皇后在皇宮接受國民們進宮朝賀。

→有別的尺寸嗎？

說明 當想詢問商品尺寸時該怎麼說呢？

。常用短句。　　　　　　　　🎵 096

例 他のサイズはありますか？
ほか
ho.ka.no.sa.i.zu.wa.a.ri.ma.su.ka.
有其他的尺寸嗎？

例 サイズが合わないんですが
あ
sa.i.zu.ga.a.wa.na.i.n.de.su.ga.
尺寸不適合我耶。

例 私に合うようなサイズをください。
わたし　あ
wa.ta.shi.ni.a.u.yo.u.na.sa.i.zu.o.ku.da.sa.i.
請給我適合我的尺寸。

會話情境：詢問尺寸

A 他のサイズはありますか？
ほか
ho.ka.no.sa.i.zu.wa.a.ri.ma.su.ka.
這個還有其他的尺寸嗎？

B S、M、L サイズがあります。
S.M.L.sa.i.zu.ga.a.ri.ma.su.
有S、M、L號。

Ⓐ S サイズをください。

S.sa.i.zu.o.ku.da.sa.i.

請給我S號。

會話情境：尺寸不適合自己的時候

Ⓐ あのう、サイズが合わないんですが。

a.no.u./sa.i.zu.ga.a.wa.na.i.n.de.su.ga.

這尺寸不適合我耶。

Ⓑ 他のサイズをお持ちします。

ho.ka.no.sa.i.zu.o.o.mo.chi.shi.ma.su.

我去拿其他的尺寸來。

097

會話情境：詢問東西大小

Ⓐ これはいかがですか？

ko.re.wa.i.ka.ga.de.su.ka.

這個如何呢？

Ⓑ こんな小さいものじゃなくて、もうちょっと大きいのがありますか？

ko.n.na.chi.i.sa.i.mo.no.ja.na.ku.te./mo.u.cho.tto.o.o.ki.i.no.ga.a.ri.ma.su.ka.

我不要那麼小的東西，有更大一點的嗎？

A もっと大きいものですか、じゃあ、この大きさならいかがでしょうか？

mo.tto.o.o.ki.i.mo.no.de.su.ka./ja.a./ko.no.o.o.ki.sa.na.ra.i.ka.ga.de.sho.u.ka.

您是要在大一點的東西嗎？那如果像這樣大的尺寸的話您覺得如何呢？

B このような大きさはちょうどいいです。

ko.no.yo.u.na.o.o.ki.sa.wa.cho.u.do.i.i.de.su.

像這樣大的尺寸剛剛好。

➔我想要試穿

說明 當想詢問商品尺寸時該怎麼說呢？

∘**常用短句**∘ 📢 097

例 試着^{しちゃく}したいです。

shi.cha.ku.shi.ta.i.de.su.

我想要試穿。（上半身）

例 試着^{しちゃく}してもいいですか？

shi.cha.ku.shi.te.mo.i.i.de.su.ka.

可以試穿嗎？（上半身）

例 履^はいてもいいですか？

ha.i.te.mo.i.i.de.su.ka.

可以試穿嗎？（下半身）

📢 098

會話情境：在百貨公司買衣服時

Ⓐ これ、試着^{しちゃく}したいです。

ko.re./shi.cha.ku.shi.ta.i.de.su.

這個我想試穿。

Ⓑ 試着室^{しちゃくしつ}はこちらへどうぞ。

shi.cha.ku.shi.tsu.wa.ko.chi.ra.e.do.u.zo.

試穿室請往這邊。

會話情境：店員詢問您要找哪種商品

A どのような物をお探しですか？
do.no.yo.u.na.mo.no.o.o.sa.ga.shi.de.su.ka.
您在找怎樣的物品呢？

B サンダルを探しています。
sa.n.da.ru.o.sa.ga.shi.te.i.ma.su.
我在找涼鞋。

A このサンダルはいかがでしょうか？
ko.no.sa.n.da.ru.wa.i.ka.ga.de.sho.u.ka.
這涼鞋如何呢？

B かわいい！履いてもいいですか？
ka.wa.i.i./ha.i.te.mo.i.i.de.su.ka.
好可愛！可以試穿嗎？

A Mサイズでよろしいでしょうか？
M.sa.i.zu.de.yo.ro.shi.i.de.sho.u.ka.
M尺寸可以嗎？

B Lサイズでお願いします。
L.sa.i.zu.de.o.ne.ga.i.shi.ma.su.
請給我L尺寸。

A はい、少々お待ちください。
ha.i./sho.u.sho.u.o.ma.chi.ku.da.sa.i.
好，請您稍等。

·◦|小知識|◦·

在日本買女鞋的時候，常會看到鞋子區分為S、
M、L這三種尺寸，一般S尺寸就相當於台灣 22
～22.5公分、M相當與23～23.5公分，L相當於
24～24.5公分，但依各鞋型不一樣，只可作為
參考。男生的話則較多用腳掌公分來區分，通常
為27～31公分。

5
每日必學購物會話

➜ 我再考慮看看(試穿後不想買)

說明 當試穿後發現沒有那麼好看，而店員一直想要你買的時候該怎麼辦呢？

◦**常用短句**◦ 🔊 099

例 ちょっと考えます。

cho.tto.ka.n.ga.e.ma.su.

我要想一下。

例 また後で買いに来ます。

ma.ta.a.to.de.ka.i.ni.ki.ma.su.

我等等再來買。

會話情境：當店員拿了一件你不喜歡的衣服

Ⓐ この色、よくお似合いですよ。

ko.no.i.ro./yo.ku.o.ni.a.i.de.su.yo.

這個顏色超適合你耶。

Ⓑ ちょっと考えます。

cho.tto.ka.n.ga.e.ma.su.

我要想一下。

會話情境：不想買店員推薦給你的商品時

Ⓐ この服、お似合いですよ。

ko.no.fu.ku./o.ni.a.i.de.su.yo.

這個衣服很適合你唷。

B また後で買いに来ます。

ma.ta.a.to.de.ka.i.ni.ki.ma.su.

我等等再來買。

───◦小知識◦───

台灣有血汗工廠當然日本也有黑心企業，其日文
叫做「ブラック企業。(bu.ra.kku.ki.gyo.u.)」，
日本普遍認為的黑心企業其特徵如下：

　1. 入社後の離職率が高い。

　　進入公司後的離職率高。

　　(同事年資都超不過半年。)

　2. 給料が手渡し、それさえ毎月遅れる。

　　面交薪水而且每個月都會晚給。

　　(連基本的月薪轉帳系統都不導入)

　3. 休日でも会社から電話がかかってくる。

　　既使假日公司還打電話過來。

　　(不在乎員工的放假時間)

　4. 福利厚生がない。

　　沒有福利津貼。

　　(日本分本薪和津貼，好的公司連車費、伙
食都會補貼)

　5. 年中求人広告。

　　一整年的徵才廣告。

　　(因為離職率過高)

→有新的嗎？

說明 當結帳時店員要將試穿過後的衣服打包時，要如何請店員拿新的給你呢？畢竟誰想要花錢買別人穿過的衣服呀！

○**常用短句**○　　　　　　　　🎵 100

例 新品はありますか？

shi.n.pi.n.wa.a.ri.ma.su.ka.

有新的嗎？

例 新品をお願いします。

shi.n.pi.n.o.o.ne.ga.i.shi.ma.su.

請給我新的。

會話情境：詢問店員有沒有新的商品

A 新品はありますか？

shi.n.pi.n.wa.a.ri.ma.su.ka.

有新的嗎？

B すみません、これが最後なので...。

su.mi.ma.se.n./ko.re.ga.sa.i.go.na.no.de.

不好意思，這件是對後一件。

A 他の色なら新品がありますか？

ho.ka.no.i.ro.na.ra.shi.n.pi.n.ga.a.ri.ma.su.ka.

其他顏色的話有新的嗎？

B 黒があります。

ku.ro.ga.a.ri.ma.su.

有黑色。

A じゃ、黒にします。

ja./ku.ro.ni.shi.ma.su.

那我要黑色的。

會話情境：要求檢查新品有無瑕疵

A 新品お願いします。

shi.n.pi.n.o.ne.ga.i.shi.ma.su.

請給我新的。

B これは新品です。

ko.re.wa.shi.n.pi.n.de.su.

這就是新的。

A そうですか、ちょっと見せてください。

so.u.de.su.ka./cho.tto.mi.se.te.ku.da.sa.i.

是嗎，請讓我看一下。

B はい、ご確認お願いします。

ha.i./go.ka.ku.ni.n.o.ne.ga.i.shi.ma.su.

請您確認。

A じゃ、これにします。

ja./ko.re.ni.shi.ma.su.

那我要這個。

─◦ 小知識 ◦─

依據日本國稅局「民間新資實際統計調查」，來了解日本人普遍薪資到底比我們多了多少呢？數據僅供參考。

業別	年薪（日幣）	平均年資
銀行業	634萬円	15.5年
出版社	610萬円	8.6年
半導體	576萬円	15年
旅行業	575萬円	8年
百貨業	543萬円	17.4年

→請幫我包裝

說明 在日本百貨公司買東西時，事先跟櫃姊說你要送禮物的話，她都會幫你包得漂漂亮亮的唷！

◦常用短句◦　　　　　　　　　MP3 101

例 包んでください。
tsu.tsu.n.de.ku.da.sa.i.
請幫我包裝。

例 ラッピングしてください。
ra.ppi.n.gu.shi.te.ku.da.sa.i.
請幫我包好。

會話情境：要求店員包裝

Ⓐ 贈り物なので、綺麗に包んでください。
o.ku.ri.mo.no.na.no.de/ki.re.i.ni.tsu.tsu.n.de.ku.da.sa.i.
這是送人的禮品，請幫我包裝漂亮點。

Ⓑ はい、かしこまりました。
ha.i./ka.shi.ko.ma.ri.ma.shi.ta.
好，我明白了。

會話情境：店員詢問商品該如何處理時

Ⓐ これはいかがいたしましょうか？
ko.re.wa.i.ka.ga.i.ta.shi.ma.sho.u.ka.
這個您要如何處理呢？

Ⓑ ラッピングしてください。
ra.ppi.n.gu.shi.te.ku.da.sa.i.
請幫我包。

會話情境：在百貨公司購買商品時

Ⓐ ご自宅用ですか？
go.ji.ta.ku.yo.u.de.su.ka.
請問是自己在家用的嗎？

Ⓑ いいえ、違います。プレゼントにしたい
んですが。
i.i.e./chi.ga.i.ma.su./pu.re.ze.n.to.ni.shi.ta.i.n.de.
su.ga.
不是，是想要送人的。

Ⓐ かしこまりました。リボンをお付けにな
りますか？
ka.shi.ko.ma.ri.ma.shi.ta./ri.po.n.o.o.tsu.ke.ni.
na.ri.ma.su.ka.
那我知道了，請問要打蝴蝶結嗎？

B はい、お願いします。

ha.i./o.ne.ga.i.shi.ma.su.

要,請打蝴蝶結。

───●小知識●───

日本女兒節——ひな祭り

每年的3月3日「桃の節句 (mo.mo.no.se.kku.)」是日本女孩子必過的節日,基本人偶台的裝飾是桃花加上代表性的男人偶與女人偶為主,主要目的是把女人偶作為小女孩的替身,來替小女孩承擔災難,祈禱她美麗健康地成長,將來遇見好的另一半,而閨閣擺放人偶台的期間不能超過一個禮拜,不然女孩會晚婚;人偶的價格為日幣5萬到100萬的都有,是日本人非常重視的節日。另外,3月3日這一天,學校等配給的飯菜中也會出現女兒節必吃的「雛霰 (hi.na.a.ra.re.)」這種日式小點心。

→購物後發生問題時

說明 買到瑕疵品時，該怎麼要求退貨呢？

🎵 102

會話情境：在百貨公司購買衣服

A これ、昨日、買ったんですけど、ボタン
がとれています。

ko.re./ki.no.u./ka.tta.n.de.su.ke.do./bo.ta.n.ga.
to.re.te.i.ma.su.

這個，是我昨天買的，但是扣子卻掉了。

B すぐ返金しますので、レシートをお願い
します。

su.gu.he.n.ki.n.shi.ma.su.no.de./re.shi.i.to.o.o.
ne.ga.i.shi.ma.su.

我馬上退款給您，所以請給我您的收據。

會話情境：商品品質出現問題時

A これ、先ほど、買ったカメラですけど、

ko.re./sa.ki.ho.do.ka.tta.ka.me.ra.de.su.ke.do.

這個是我剛買的相機，

カメラの調子がちょっとおかしいです。

ka.me.ra.no.cho.u.shi.ga.cho.tto.o.ka.shi.i.de.
su.

但是相機的狀況怪怪的。

B どこがおかしいでしょうか？

do.ko.ga.o.ka.shi.i.de.sho.u.ka.

是哪邊怪怪的呢？

ちょっと見せていただけませんか？

cho.tto.mi.se.te.i.ta.da.ke.ma.se.n.ka.

可以讓我看看嗎？

毎日必學購物會話

替換單字練習

● ノートブック
no.o.to.bu.kku.
筆記型電腦

● スマートフォン
su.ma.a.to.fo.n.
智慧型手機

● 電子辞書
de.n.shi.ji.sho.
電子字典

───◦小知識◦───

日本除夕夜 12/31 日晚上 12 點過後到 1 月 3 日，
日本人常會結同家人或是朋友去神社拜拜，日語
叫做「初詣 (ha.tsu.mo.u.de.)」，比較特別的是
12/31 日晚上這天會看到很多日本人不顧風寒徹
夜排隊到神社或是寺廟，向神明祈福祈願，祈禱
新的一年平安健康。

→可以退貨嗎？

說明 如果不小心買到重複或是後悔的東西的話，不要超過7天且保有收據的話，可以試試跟店員要求退貨。

○**常用短句**○　　　　　　　　　　MP3 103

例 返品できませんか？
he.n.pi.n.de.ki.ma.se.n.ka.
能夠退貨嗎。

例 返品したいです。
he.n.pi.n.shi.ta.i.de.su.
我想退貨。

會話情境：在生鮮超市購買便當

Ⓐ すみません、これ、返品できませんか？
su.mi.ma.se.n./ko.re./he.n.pi.n.de.ki.ma.se.n.ka.
不好意思，這個能夠退貨嗎？

Ⓑ 食品なので、返品はお受け致しかねます。
sho.ku.hi.n.na.no.de./he.n.pi.n.wa.o.u.ke.i.ta.
shi.ka.ne.ma.su.
因為是食品，所以不能退貨唷。

會話情境：要求退貨時

A これ、返品したいんですが。
ko.re./he.n.pi.n.shi.ta.i.n.de.su.ga.
這個我想要退貨。

B レシートを見せて頂けませんか？
re.shi.i.to.o.mi.se.te.i.ta.da.ke.ma.se.n.ka.
可以讓我看您的收據嗎？

───○小知識○───

五月五日除了是日本的兒童節「こどもの日(ko.do.mo.no.hi.)」也是日本的端午節「端午の節句(ta.n.go.no.se.kku.)」，日本的端午節會在家門掛「菖蒲」用菖蒲的香氣來驅兇避邪，或是浸泡菖蒲湯來祈求身體健康。而日本的男孩節據說是在一千三百年前的奈良時代就有的慶祝活動，到了江戶時代，因幕府將軍兒子的出生而升旗慶祝，因此後來就變成專屬慶祝男孩的節日，之後男孩節在日本於一九四八年正式成為日本國定假，每年日本的家庭都會用掛鯉魚旗的方式來祈求男孩茁壯成長，掛鯉魚旗的時間為男孩節的前一兩個星期開始，有些重視傳統的日本家庭則會在室內擺設武士人偶以及五月人形，並在室外掛鯉魚旗和七色彩旗。

鯉魚旗分為黑、紅和青藍三種顏色，黑代表父親、紅代表母親、青藍代表男孩，青藍旗的個數代表男孩人數。因為日本人相信鯉魚最有精神和活力，鯉魚就算在逆水的河流也會為達目標努力向上游，所以大家也希望家中的男孩都像鯉魚那樣，學習鯉魚逆流而上的精神，激勵男孩子們在人生的征途上不畏艱難，勇往直前。

編輯了日本人生活會話以及

旅遊 飲食 購物 學校 職場

PART 6

每日必學電話用語

→打電話實用會話

說明 要用日語打電話給別人，想必是非常緊張的事情，但碰到非打電話不可的時候，該怎麼辦呢？別擔心請參考以下常用會話，並多加練習，必可以與日本人侃侃而談。

🎧 104

會話情境：打電話找人

Ⓐ こちら○○会社でございます。
ko.chi.ra.○.○.ka.i.sha.de.go.za.i.ma.su.
這是○○公司。

Ⓑ お世話になっております。
o.se.wa.ni.na.tte.o.ri.ma.su.
謝謝您的關照，

私は奈奈と申しますが、
wa.ta.shi.wa.na.na.to.mo.u.shi.ma.su.ga.
我是奈奈。

木村さんはいらっしゃいますか？
ki.mu.ra.sa.n.wa.i.ra.ssha.i.ma.su.ka.
請問木村先生在嗎？

Ⓐ はい、少々お待ちください。
ha.i./sho.u.sho.u.o.ma.chi.ku.da.sa.i.
請您稍後。

會話情境：打到同學家

Ⓐ もしもし、木村です。

mo.shi.mo.shi./ki.mu.ra.de.su.

喂，我是木村。

Ⓑ こんにちは、奈奈です。○○いますか？

ko.n.ni.chi.wa./na.na.de.su./○.○.i.ma.su.ka.

你好，我是奈奈。○○在嗎？

Ⓐ ちょっと待ってくださいね。

cho.tto.ma.tte.ku.da.sa.i.ne.

請等一下唷。

🎵 105

會話情境：打到友人家

Ⓐ もしもし、○○はいらっしゃいますか？

mo.shi.mo.shi.○.○.wa.i.ra.ssha.i.ma.su.ka.

喂，請問○○在嗎？

Ⓑ ○○はただいま外出しております。

○.○.wa.ta.da.i.ma.ga.i.shu.tsu.shi.te.o.ri.ma.su.

○○剛好外出。

Ⓐ いつごろ、戻られますか？

i.tsu.go.ro./mo.do.ra.re.ma.su.ka.

何時會回來呢？

B 二時ごろ戻る予定です。

ni.ji.go.ro.mo.do.ru.yo.te.i.de.su.

預定兩點左右回來。

A またお電話します。失礼します。

ma.ta.o.de.n.wa.shi.ma.su./shi.tsu.re.i.shi.ma.su.

那我會再打給他，再見。

會話情境:請對方回電時

A もしもし、森下ですが。

mo.shi.mo.shi./mo.ri.shi.ta.de.su.ga.

喂，森下家。

B 山田ですが、すみません、ご主人をお願いします。

ya.ma.da.de.su.ga./su.mi.ma.se.n./go.shu.ji.n.o.o.ne.ga.i.shi.ma.su.

我是山田，不好意思，我想找您先生。

A あいにく、主人は今いないんですけど。

a.i.ni.ku./shu.ji.n.wa.i.ma.i.na.i.n.de.su.ke.do.

我先生剛好不在家耶。

B ご主人がお帰りになったら、お電話をいただきたいんですが。

go.shu.ji.n.ga.o.ka.e.ri.ni.na.tta.ra.o.de.n.wa.o.i.ta.da.ki.ta.i.n.de.su.ga.

您先生回家後，我想請他撥個電話給我。

A はい、そう伝えておきます。

ha.i./so.u.tsu.ta.e.te.o.ki.ma.su.

好，我會這樣轉達給他。

MP3 106

會話情境：請對方幫忙留言

A もしもし、奈奈さんのお宅ですか？

mo.shi.mo.shi./na.na.sa.n.no.o.ta.ku.de.su.ka.

喂，請問是奈奈的家嗎？

B はい、そうですけど。

ha.i./so.u.de.su.ke.do.

是的。

A 佐藤と申します。奈奈さんをお願いします。

sa.to.u.to.mo.u.shi.ma.su./na.na.sa.n.o.o.ne.ga.i.shi.ma.su.

我叫佐藤，請問奈奈在嗎？

B 佐藤君ですか？あのう、奈奈はちょうどお風呂に入っているところですが。

sa.to.u.ku.n.de.su.ka./a.no.u./na.na.wa.cho.u.do.o.fu.ro.ni.ha.i.tte.i.ru.to.ko.ro.de.su.ga.

佐藤呀，奈奈現在剛好在洗澡耶。

A そうですか？ちょっとお伝えいただけないでしょうか？

so.u.de.su.ka./cho.tto.o.tsu.ta.e.i.ta.da.ke.na.i.de.sho.u.ka.

是這樣嗎？可以幫我傳達一些話給她嗎？

B いいですよ。

i.i.de.su.yo.

可以呀。

A 実は、八時に奈奈さんと会う約束をして
いたんですが、

ji.tsu.wa./ha.chi.ji.ni.na.na.sa.n.to.a.u.ya.ku.so.
ku.o.shi.te.i.ta.n.de.su.ga.

其實是我跟奈奈約上八點要見面，

急に用ができて、行けなくなったんで
す。

kyu.u.ni.yo.u.ga.de.ki.te./i.ke.na.ku.na.tta.n.de.
su.

但我突然有急事不能去了。

B そうですか？分かりました、それだけ
伝えればいいですか？

so.u.de.su.ka./wa.ka.ri.ma.shi.ta./so.re.da.ke.tsu.
ta.e.re.ba.i.i.de.su.ka.

這樣呀，我知道了。傳達這些就可以了嗎？

A はい、すみませんが、よろしくお願いし
ます。

ha.i./su.mi.ma.se.n.ga./yo.ro.shi.ku.o.ne.ga.i.
shi.ma.su.

是的，不好意思麻煩你了。

🎧 MP3 107

會話情境：有急事找對方時

Ⓐ もしもし、A です。C さんをお願いします。

mo.shi.mo.shi./A.de.su./C.sa.n.o.o.ne.ga.i.shi.ma.su.

喂，我是A。我想找C。

Ⓑ ただ今、接客中なんですが。

ta.da.i.ma./se.kkya.ku.chu.u.na.n.de.su.ga.

現在剛好有訪客，

ご伝言を承りましょうか？

go.de.n.go.n.o.u.ke.ta.ma.wa.ri.ma.sho.u.ka.

您要不要留言呢？

Ⓐ いや、ご本人とお話したいんです。

i.ya./go.ho.n.ni.n.to.o.o.ha.na.shi.shi.ta.i.n.de.su.

不了，我想直接找本人談。

Ⓑ では、C が戻りましたら、ご連絡いたしましょう。

de.wa./C.ga.mo.do.ri.ma.shi.ta.ra./go.re.n.ra.ku.i.ta.shi.ma.sho.u.

那麼C回來的話，我再請他跟您連絡吧。

Ⓐ はい、よろしくお願いします。

ha.i./yo.ro.shi.ku.o.ne.ga.i.shi.ma.su.

那就麻煩您了。

B そちらの電話番号を教えていただけませんか？

so.chi.ra.no.de.n.wa.ba.n.go.u.o.o.shi.e.te.i.ta.da.ke.ma.se.n.ka.

您可以跟我講您的電話號碼嗎？

A 070 － 134 － 881 です。

ze.ro.na.na.ze.ro./i.chi.sa.n.yo.n./ha.chi.ha.chi.i.chi.de.su.

070-134-881。

B ちょっと遠いです。もう少し大きな声でお願いします。

cho.tto.to.o.i.de.su./mo.u.su.ko.shi.o.o.ki.na.ko.e.de.o.ne.ga.i.shi.ma.su.

有點聽不太清楚，可以再講大聲點嗎？

A はい、こちらの電話番号は 070 － 134 － 881 です。

ha.i./ko.chi.ra.no.de.n.wa.ba.n.go.u.wa.ze.ro.na.na.ze.ro./i.chi.sa.n.yo.n./ha.chi.ha.chi.i.chi.de.su.

好的，我這邊的電話號碼是070-134-881。

B 復唱させていただきます。

fu.ku.sho.u.sa.se.te.i.ta.da.ki.ma.su./

讓我重複一次，

070 － 134 － 881 の A さんですね。

ze.ro.na.na.ze.ro./i.chi.sa.n.yo.n./ha.chi.ha.chi.i.chi.no.A.sa.n.de.su.ne.

070-134-881的A先生是吧。

A はい。

ha.i.

是的。

B Ｃが戻り次第、電話させますので。

C.ga.mo.do.ri.shi.da.i./de.n.wa.sa.se.ma.su.no.de.

C回來後我馬上請他打電話給您。

A よろしくお願いします。それでは、
失礼します。

yo.ro.shi.ku.o.ne.ga.i.shi.ma.su./so.re.de.wa/
shi.tsu.re.i.shi.ma.su.

麻煩您了，再見。

B 失礼します。

shi.tsu.re.i.shi.ma.su.

再見。

🎵 108

會話情境：很忙無法接電話時

A 電話が鳴っていますよ。誰か出てくれま
せんか？

de.n.wa.ga.na.tte.i.ma.su.yo./da.re.ka.de.te.ku.
re.ma.se.n.ka.

電話在響唷，誰可以幫我接一下？

B もしもし、はい、少々お待ちください。
あなたにょ。

mo.shi.mo.shi./ha.i./sho.u.sho.u.o.ma.chi.ku.da.
sa.i./a.na.ta.ni.yo.

喂，好的，請稍等一下。找你的喔。

Ⓐ今、ちょっと手が離せないから、

i.ma/cho.tto.te.ga.ha.na.se.na.i.ka.ra.

因為我現在手邊有事，

後で連絡するって言って下さい。

a.to.de.re.n.ra.ku.su.ru.tte.i.tte.ku.da.sa.i.

請跟他說等等連絡。

Ⓑ急用があるようで、

kyu.u.yo.u.ga.a.ru.yo.u.de.

他好像有急事，

早めに連絡してほしいみたいですよ。

ha.ya.me.ni.re.n.ra.ku.shi.te.ho.shi.i.mi.ta.i.de.
su.yo.

想請你快點聯絡的樣子喲。

Ⓑだれですか？

da.re.de.su.ka.

是誰呀？

Ⓐ小林という人です。

ko.ba.ya.shi.to.i.u.hi.to.de.su.

叫小林的人。

🎧 109

會話情境：當對方不在時

Ⓐもしもし、山田さんのお宅ですか？

mo.shi.mo.shi./ya.ma.da.sa.n.no.o.ta.ku.de.su.
ka.

喂，是山田先生家嗎？

B はい、どちら様でしょうか？

ha.i./do.chi.ra.sa.ma.de.sho.u.ka.

是的，請問您是？

A 佐藤です。山田さんはいらっしゃいますか？

sa.to.u.de.su./ya.ma.da.sa.n.wa.i.ra.ssha.i.ma.su.ka.

我是佐藤，請問山田在嗎？

B あいにくただいま外出中ですが。

a.i.ni.ku.ta.da.i.ma.ga.i.shu.tsu.chu.u.de.su.ga.

他剛好外出耶。

A 何時ごろお帰りになりますか？

na.n.ji.go.ro.o.ka.e.ri.ni.na.ri.ma.su.ka.

那何時回來呢？

B 五時頃です。

go.ji.go.ro.de.su.

五點左右。

A それでは、その頃改めてお電話いたします。

so.re.de.wa./so.no.ko.ro.a.ra.ta.me.te.o.de.n.wa.i.ta.shi.ma.su.

那麼我那個時候再打來。

B そのようにお伝えしておきます。

so.no.yo.u.ni.o.tsu.ta.e.shi.te.o.ki.ma.su.

那我會這樣告知他。

Ⓐ それでは失礼いたします。

so.re.de.wa.shi.tsu.re.i i ta shi.ma.su.

那先這樣，再見。

Ⓑ 失礼いたします。

shi.tsu.re.i.i.ta.shi.ma.su.

再見。

🎵 110

會話情境：在深夜時，不小心撥錯電話

Ⓐ 田中ですが、佐藤さんはいらっしゃいますか？

ta.na.ka.de.su.ga./sa.to.u.sa.n.wa.i.ra.ssha.i.ma.su.ka.

我是田中，請問佐藤先生在嗎？

Ⓑ どこにおかけでしょうか？

do.ko.ni.o.ka.ke.de.sho.u.ka.

你打哪裡呀？

Ⓐ あのう、佐藤さんのお宅ではないでしょうか？

a.no.u./sa.to.u.sa.n.no.o.ta.ku.de.wa.na.i.de.sho.u.ka.

呃，這不是佐藤家嗎？

Ⓑ 鈴木ですが。

su.zu.ki.de.su.ga.

是鈴木家。

6
每日必學電話用語

Ⓐ ああ、間違えました。どうもすみません。

a.a./ma.chi.ga.e.ma.shi.ta./do.u.mo.su.mi.ma.se.n.

啊！我搞錯了，對不起。

Ⓑ 電話番号をちゃんと調べてください

de.n.wa.ba.n.go.u.o.cha.n.to.shi.ra.be.te.ku.da.sa.i.

請你好好查清楚電話號碼。

Ⓐ ご迷惑を掛けてすみませんでした。

go.me.i.wa.ku.o.ka.ke.te.su.mi.ma.se.n.de.shi.ta.

造成您的困擾，真是不好意思。

會話情境：有急事要聯絡對方時

Ⓐ 申し訳ありませんが、鈴木はただ今、外出しております。

mo.u.shi.wa.ke.a.ri.ma.se.n.ga./su.zu.ki.wa.ta.da.i.ma./ga.i.shu.tsu.shi.te.o.ri.ma.su.

不好意思，鈴木現在剛好外出。

Ⓑ 急用があるので、携帯のほうへお電話いただけますか？

kyu.u.yo.u.ga.a.ru.no.de./ke.i.ta.i.no.ho.u.e.o.de.n.wa.i.ta.da.ke.ma.su.ka.

因為我有急事，可以打他手機嗎？

Ⓐ はい、少々お待ちください。

ha.i./sho.u.sho.u.o.ma.chi.ku.da.sa.i.

好，請您稍等。

─ 小知識 ─

從日本傳過來的新單字腐女子(fu.jo.shi.)，是指喜歡男男愛為主題的小說、漫畫或是喜歡幻想男生與男生相愛情結的女孩。

另外一個新單字就是干物女(hi.mo.no.o.n.na.)，翻譯成魚乾女，其實魚乾女的特性就是對戀愛不充滿期待，只想自在過屬於自己的生活，特徵為假日的時候不化妝也不想安排活動，一回到家中衣服就隨脫隨扔，口頭禪為「啊～真麻煩」、「等等再做就好啦」，以及能夠一個人去居酒屋的勇氣，還有只會在夏天才除毛等魚乾女特性行為。

6 每日必學電話用語

→電話應付技巧實用會話

說明 接日本人電話的時候也是非常緊張，而且對初學者來說要完全聽懂對方的意思，是有困難的，所以只要運用下列技巧就可以巧妙躲過聽不懂日文的尷尬情況，請參考以下常用會話。

🎧 **MP3** 111

會話情境：聽不太懂對方的日文，想請對方用簡訊的方式

Ⓐ もしもし、奈奈です。
mo.shi.mo.shi./na.na.de.su.
喂，我是奈奈。

Ⓑ 佐藤です。今、空いていますか？
sa.to.u.de.su./i.ma./a.i.te.i.ma.su.ka.
我是佐藤，你現在有空嗎？

Ⓐ 今は空いていますよ。どうしましたか？
i.ma.wa.a.i.te.i.ma.su.yo./do.u.shi.ma.shi.ta.ka.
我現在有空呀，怎麼了呢？

Ⓑ 明日の待ち合わせ時間を確認したいんです。
a.shi.ta.no.ma.chi.a.wa.se.ji.ka.n.o.ka.ku.ni.n.shi.ta.i.n.de.su.
明天要一起去看電影，所以我想先確認一下約定時間還有場所。

A ちょっと、聞き取れないので、LINE で
送ってもらえないでしょうか？

cho.tto./ki.ki.to.re.na.i.no.de./LINE.de.o.ku.tte.
mo.ra.e.na.i.de.shou.ka.

我有點聽不太到，你可以用LINE傳給我嗎？

B 分かりました。じゃ、LINE で送ります。

wa.ka.ri.ma.shi.ta./ja./LINE.de.o.ku.ri.ma.su.

了解，那我用LINE寄給你。

會話情境：被問到聽不懂的事情時

A 奈奈さんはいらっしゃいますか？

na.na.sa.n.wa.i.ra.ssha.i.ma.su.ka.

請問奈奈在？

B 少々お待ちください。

sho.u.sho.u.o.ma.chi.ku.da.sa.i.

請稍等。

お電話代わりました。奈奈です。

o.de.n.wa.ka.wa.ri.ma.shi.ta./na.na.de.su.

電話換人了，我是奈奈。

A 佐藤です。いつもお世話になっています。

a.to.u.de.su./i.tsu.mo.o.se.wa.ni.na.tte.i.ma.su.

我是佐藤，謝謝您的長久以來的照顧，

今お時間はよろしいでしょうか？

i.ma.o.ji.ka.n.wa.yo.ro.shi.i.de.sho.u.ka.

請問您現在有時間嗎？

（側欄） 6 每日必學電話用語

Ⓐ すみません。今、手が離せないんです
が。

su.mi.ma.se.n./i.ma./te.ga.ha.na.se.na.i.n.de.su.
ga.

不好意思，我現在手邊剛好有事，

仕事についての話でしたら、陳さんに
聞いて頂けませんか？

shi.go.to.ni.tsu.i.te.no.ha.na.shi.de.shi.ta.ra./chi.
n.sa.n.ni.ki.i.te.i.ta.da.ke.ma.se.n.ka.

若是關於工作的事，你可以去問陳小姐嗎？

──────◦ 小知識 ◦──────

若讀者有機會去日本神社，就會看到身穿白衣下
穿紅色緋袴的「巫女（mi.ko.）」，日語的巫女
跟中文的女巫意思相差甚遠。
巫女古時候的職責是神與人的傳導者，俗稱通靈
者，但是現在的巫女的職責已不是古時候的通靈
者，而是在神社中輔助神職的職務，為女性專屬
工作具有神聖、純潔的傳統形象，也不受日本法
律男女催用機會均等法限制，只有女性才能勝任
的工作。

→不想接的電話時

說明 碰到很不想接的電話時，請參考以下會話。

🎧 112

會話情境：假裝聽不到

Ⓐ 奈奈？最近元気？
na.na./sa.i.ki.n.ge.n.ki./
奈奈嗎？最近好嗎？

Ⓑ もしもし、聞こえてる？
mo.shi.mo.shi./ki.ko.e.te.ru.
喂喂，聽的到嗎？

Ⓐ 聞こえてない？
ki.ko.e.te.na.i.
聽不到嗎？

Ⓑ もしもし、電波が悪いみたいです。
mo.shi.mo.shi./de.n.pa.ga.wa.ru.i.mi.ta.i.de.su.
喂喂，收訊好像不太好耶。

MP3 113

會話情境：假裝在坐電車，不方便接電話

Ⓐ 佐藤さん、お忙しいところすみませんが、今ちょっとよろしいでしょうか？

sa.to.u.sa.n./o.i.so.ga.shi.i.to.ko.ro.su.mi.ma.se.n.ga./i.ma.cho.tto.yo.ro.shi.i.de.sho.u.ka.

佐藤先生，在百忙之中打擾您真不好意思，請問您現在方便嗎？

Ⓑ あ、すみません、今、電車に乗っていますけど。

a./su.mi.ma.se.n./i.ma./de.n.sha.ni.no.tte.i.ma.su.ke.do.

啊，不好意思，我現在在坐電車。

Ⓐ また、ご連絡させていただきます。それじゃ、失礼します。

ma.ta./go.re.n.ra.ku.sa.se.te.i.ta.da.ki.ma.su./so.re.ja/shi.tsu.re.i.shi.ma.su.

那我再連絡您好了，再見。

會話情境：不想接電話時

Ⓐ どうして電話に出てくれないんですか？

do.u.shi.te.de.n.wa.ni.de.te.ku.re.na.i.n.de.su.ka.

為什麼你都不接電話呢？

B すいません、忙しかったため、電話に
出る時間がなかったんです。何か用事が
あるんですか？

su.i.ma.se.n./i.so.ga.shi.ka.tta.ta.me./de.n.wa.ni.
de.ru.ji.ka.n.ga.na.ka.tta.n.de.su./na.ni.ka.yo.u.
ji.ga.a.ru.n.de.su.ka.

不好意思，因為很忙所以沒時間接電話，你有什
麼事嗎？

──● 小知識 ●──

日本是非常重視手機禮貌的國家，電車上就連接
電話都算是打擾他人的行為，更別說在車上聊天
了。

在日本東京坐過電車的人應該都會有深刻的體
驗，就是車廂內非常的安靜，就算接起電話也是
盡量在最短時間內掛斷，幾乎人人都是用簡訊替
代電話，車廂內也會貼上許多手機靜音的標誌，
在車上大聲喧嘩似乎是學生才會做的事，一般社
會人士都會默默遵守這種規則。

PART 7

每日會發生的事：
自助休閒娛樂篇

→旅館住宿實用對話

說明 詢問住宿房價。

MP3 114

會話情境：詢問飯店房間

Ⓐ いらっしゃいませ。
i.ra.ssha.i.ma.se.
歡迎光迎。

Ⓑ シングルルームありますか？
shi.n.gu.ru.ru.u.mu.a.ri.ma.su.ka.
請問有單人房嗎？

Ⓐ はい、あります。
ha.i./a.ri.ma.su.
有的。

Ⓐ 宿泊代はいくらですか？
shu.ku.ha.ku.da.i.wa.i.ku.ra.de.su.ka.
住宿費多少錢？

Ⓑ シングルルームなら、五千円になります。
shi.n.gu.ru.ru.u.mu.na.ra./go.se.n.e.n.ni.na.ri.ma.su.
單人房的話，五千圓。

Ⓐ 朝食は付いていますか？
cho.u.sho.ku.wa.tsu.i.te.i.ma.su.ka.
有附早餐嗎？

Ⓐ はい、含まれています。

ha.i./fu.ku.ma.re.te.i.ma.su.

有包含。

Ⓑ じゃ、この部屋にします。

ja./ko.no.he.ya.ni.shi.ma.su.

那我要這個房間。

替換單字練習

● ツイン
tsu.i.n.
雙人房（兩張床）

● ダブルルーム
da.bu.ru.ru.u.mu.
雙人房（一張大床）

● エコノミールーム
e.ko.no.mi.i.ru.u.mu.
經濟客房

🎧 115

會話情境：向飯店預約住宿日

Ⓐ いらっしゃいませ。

i.ra.ssha.i.ma.se.

歡迎光臨。

Ⓑ 部屋を予約したいんですが。

he.ya.o.yo.ya.ku.shi.ta.i.n.de.su.ga.

我想預約房間。

Ⓐ いつのご宿泊ですか？

i.tsu.no.go.shu.ku.ha.ku.de.su.ka.

何時住宿呢？

Ⓑ 来週の火曜日です。

ra.i.shu.u.no.ka.yo.u.bi.de.su.

下禮拜的星期二。

Ⓐ 何日ぐらいお泊りになりますか？

na.n.ni.chi.gu.ra.i.o.to.ma.ri.ni.na.ri.ma.su.ka.

要住幾天呢？

Ⓑ 火曜日から木曜日までです。

ka.yo.u.bi.ka.ra.mo.ku.yo.u.bi.ma.de.de.su.

禮拜一到禮拜四。

Ⓐ 何名様でいらっしゃいますか？

na.n.me.i.sa.ma.de.i.ra.ssha.i.ma.su.ka.

有幾位呢？

Ⓑ 一人です。

hi.to.ri.de.su.

一位。

Ⓐ シングルルームでよろしいですか？

shi.n.gu.ru.ru.u.mu.de.yo.ro.shi.i.de.su.ka.

單人房可以嗎？

Ⓑ はい。部屋代はいくらですか？

ha.i./he.ya.da.i.wa.i.ku.ra.de.su.ka.

可以，住宿費多少呢？

A 二泊のシングルルームは合わせて一万円
です。よろしいでしょうか？

ni.ha.ku.no.shi.n.gu.ru.ru.u.mu.wa.a.wa.se.te.i.
chi.ma.n.e.n.de.su./yo.ro.shi.i.de.sho.u.ka.

兩晚單人房合計一萬元。可以嗎？

B はい、予約しといてください。

ha.i./yo.ya.ku.shi.to.i.te.ku.da.sa.i.

好，請幫我預約。

A かしこまりました。

ka.shi.ko.ma.ri.ma.shi.ta.

我知道了。

🎵 116

|會|話|情|境|：與飯店人員對話

A ご予約をなさいましたか？

go.yo.ya.ku.o.na.sa.i.ma.shi.ta.ka.

請問您已預約了嗎？

B いいえ、まだです。

i.i.e./ma.da.de.su.

還沒。

A ご希望のお部屋はどんな部屋ですか？

go.ki.bo.u.no.o.he.ya.wa.do.n.na.he.ya.de.su.ka.

您希望哪種房型呢？

B ダブルルームはありますか？

da.bu.ru.ru.u.mu.ha.a.ri.ma.su.ka.

還有雙人房嗎？

A はい、あります。

ha.i./a.ri.ma.su.

有的。

B じゃ、ダブルルームにします。

ja/da.bu.ru.ru.u.mu.ni.shi.ma.su.

那我要雙人房。

A 身分証明書をお持ちですか？

mi.bu.n.sho.u.me.i.sho.o.o.mo.chi.de.su.ka.

您有帶身分證明文件嗎？

B パスポートがあります。

pa.su.po.o.to.ga.a.ri.ma.su.

我有護照。

A ありがとうございます。これは鍵です。

a.ri.ga.to.u.go.za.i.ma.su./ko.re.wa.ka.gi.de.su.

謝謝，這是您的鑰匙。

お荷物はこれだけでございますか？

o.ni.mo.tsu.wa.ko.re.da.ke.de.su.ka.

行李只有這些嗎？

B ほかのもあります。

ho.ka.no.mo.a.ri.ma.su.

也有其他的行李。

A では、部屋までお持ちいたしましょうか？

de.wa/he.ya.ma.de.o.mo.chi.i.ta.shi.ma.sho.u.ka.

那我幫您拿到房間吧。

會話情境：到飯店後

Ⓐ 部屋はどこにありますか？

he.ya.wa.do.ko.ni.a.ri.ma.su.ka.

房間在哪裡呀？

Ⓑ こちらへどうぞ。

ko.chi.ra.e.do.u.zo.

請往這裡請。

Ⓐ ありがとうございます。

a.ri.ga.to.u.go.za.i.ma.su.

謝謝。

Ⓑ 日本は初めてですか？

ni.ho.n.wa.ha.ji.me.te.de.su.ka.

您第一次來日本嗎？

Ⓐ はい、そうです。日本は綺麗な国です
ね。

ha.i./so.u.de.su./ni.ho.n.wa.ki.re.i.na.ku.ni.de.
su.ne.

是的，日本真是漂亮的國家。

Ⓑ ありがどうございます。それでは、ご
ゆっくりお楽しみください。

a.ri.ga.do.u.go.za.i.ma.su./so.re.de.wa/go.yu.
kku.ri.o.ya.su.mi.ni.na.tte.ku.da.sa.i.

謝謝您，也請您好好享受。

Ⓐ いらっしゃいませ。

i.ra.ssha.i.ma.se.

歡迎光臨。

Ⓐ 予約している加藤と申します。

yo.ya.ku.shi.te.i.ru.ka.to.u.to.mo.u.shi.ma.su.

我是有預約的加藤。

Ⓑ はい、加藤様ですね。パスポートをお
願いします。

ha.i./ka.to.u.sa.ma.de.su.ne./pa.su.po.o.to.o.o.
ne.ga.i.shi.ma.su.

加藤先生是吧，請給我您的護照。

Ⓐ 朝ご飯は何時からですか？

a.sa.go.ha.n.wa.na.n.ji.ka.ra.de.su.ka.

早餐是幾點開始呢？

Ⓑ 朝六時から十時までです。

a.sa.ro.ku.ji.ka.ra.ju.u.ji.ma.de.de.su.

早上六點到十點。

Ⓐ モーニングコールサービスがありますか？

mo.o.ni.n.gu.ko.o.ru.sa.a.bi.su.ga.a.ri.ma.su.ka.

請問有設早安鈴服務嗎？

Ⓑ はい、あります。

ha.i./a.ri.ma.su.

有的。

Ⓐ じゃ、六時のモーニングコールをくださ
い。

ja./ro.ku.ji.no.mo.o.ni.n.gu.ko.o.ru.o.ku.da.sa.i.

那請六點叫我。

Ⓑ 六時ですね。かしこまりました。

ro.ku.ji.de.su.ne./ka.shi.ko.ma.ri.ma.shi.ta.

六點是吧，我知道了。

○•小知識•○

日本的吉祥物・招財貓

常在店家門口擺放日本招財貓，其意義何在呢？
以前用蠶象徵生意繁榮的吉祥物，但蠶常被老鼠
吃掉，所以就改由老鼠的剋星——貓咪作為生意
繁榮的吉祥物。

貓咪舉右前腳代表招財，舉左腳代表招客人，而
傳統招財貓的顏色通常是白、紅、黑，黑色是象
徵驅魔除邪、紅色是象徵身體健康的意思。近年
來也出現粉紅色、藍色、金色的三色招財貓，其
粉紅色代表戀愛、藍色代表交通安全或是課業進
步、金色代表財運亨通等意思。

日本的9月29日是「招財貓之日」，在日本三重
縣伊勢市、愛知縣瀨戶市的市民會利用假日期間
舉辦招財貓祭典活動。

⇥登記入房／退房

說明 要入房及退房該怎麼說呢？

🎧 118

會話情境：進飯店後

A チェックインをお願いします。

che.kku.i.n.o.o.ne.ga.i.shi.ma.su.

請幫我辦理入房。

B ご予約頂いている○○様ですね。

go.yo.ya.ku.i.ta.da.i.te.i.ru. ○○.sa.ma.de.su.ne.

您是預約的○○嗎？

A はい

ha.i.

是的。

B パスポートをお願いします。

pa.su.po.o.to.o.o.ne.ga.i.shi.ma.su.

請給我您的護照。

會話情境：準備退房

A チェックアウトします。

che.kku.a.u.to.shi.ma.su.

我要退房。

B 宿泊代は五千円になります。

shu.u.ku.ha.ku.da.i.wa.go.se.n.e.n.ni.na.ri.ma.su.

住宿費是五千圓。

A カードで支払えますか？

ka.a.do.de.shi.ha.ra.e.ma.su.ka.

可以用信用卡付款嗎？

B はい、使えます。

ha.i./tsu.ka.e.ma.su.

可以使用。

A タクシーを呼んでもらえますか？

ta.ku.shi.i.o.yo.n.de.mo.ra.e.ma.su.ka.

可以幫我叫計程車嗎？

B はい、かしこまりました。

ha.i./ka.shi.ko.ma.ri.ma.shi.ta.

好，我知道了。

─○小知識○─

在日本是可以直接安心飲用自來水，日本地方政
府也會固定期間派員去更換家家戶戶的自來水管
道以確保衛生安全，日本的自來水雖然可以直接
喝，但初次喝的台灣人難免會覺得有生水的味
道，但其實是不會對身體產生任何不好的影響。
而飲食方面日本的飲食文化相當多元，但關於肉
類還是有與台灣不同的文化，像是在日本東京很
少在超市或店家販賣羊肉，大部分的東京人是吃
不習慣羊肉的，而北海道人卻很喜歡吃羊肉，甚
至還有羊肉專賣店，而羊肉的日文俗稱叫「ジン
ギスカン（ji.n.gi.su.ka.n.）」。

→飯店服務詢問

說明 若住飯店時發現還需要其他服務時該怎麼詢問呢？

🎧 119

會話情境：需要客房服務時

A タオルを持ってきてもらえますか？
ta.o.ru.o.mo.tte.ki.te.mo.ra.e.ma.su.ka.
可以幫我拿毛巾來嗎？

B はい、後ほどお持ちいたします。
ha.i./no.chi.ho.do.o.mo.chi.i.ta.shi.ma.su.
可以，我等等為您送去。

替換單字練習

● コップ ko.ppu. 杯子
● 毛布 mo.u.fu. 毛毯
● スリッパ su.ri.ppa. 拖鞋

- 枕
  ma.ku.ra.
  枕頭

- 歯磨き
  ha.mi.ga.ki.
  牙刷

- トイレットペーパー
  to.i.re.tto.pe.e.pa.a.
  廁紙

🎵 119

會話情境：向飯店借東西時

Ⓐ アイロンを借りることはできますか？
a.i.ro.n.o.ka.ri.ru.ko.to.wa.de.ki.ma.su.ka.
可以借熨斗嗎？

Ⓑ はい、後ほどお持ちいたします。
ha.i./no.chi.ho.do.o.mo.chi.i.ta.shi.ma.su.
可以，我等等為您送去。

替換單字練習

- 針と糸
  ha.ri.to.i.to.
  線和針

● はさみ
ha.sa.mi.
剪刀

● フルーツナイフ
fu.ru.u.tsu.na.i.fu.
水果刀

────○ 小知識 ○────

日本的電壓標準是 100V，與台灣 110V 的電壓有
些許不同，雖然現在很多家電都是做國際電壓，
但若使用之前買的家電就會有電壓轉換的問題，
不適用的電壓會損傷家電，建議去日本前最好多
準備幾個變壓器，而變電器在一般的五金行或是
家電賣場都買的到。

→遊樂場、展覽館實用短句

說明 在遊樂園的常用短句。

MP3 120

會話情境：在遊樂園玩樂時

Ⓐ この列は観覧車の列ですか？
ko.no.re.tsu.wa.ka.n.ra.n.sha.no.re.tsu.de.su.ka.
這是排摩天輪的隊伍嗎？

Ⓑ はい、そうです。長いですね。
ha.i./so.u.de.su./na.ga.i.de.su.ne.
是的，沒錯。還真長。

Ⓐ どれくらい待ちますか？
do.re.ku.ra.i.ma.chi.ma.su.ka.
要等多久呢？

Ⓑ だいたい二十分です。
da.i.ta.i.ni.ju.ppu.n.de.su.
大約20分鐘左右。

會話情境：向工作人員詢問遊樂設施的性質時

Ⓐ この乗り物は恐いですか？
ko.no.no.ri.mo.no.wa.ko.wa.i.de.su.ka.
這設施會很可怕嗎？

B スピードが速いので、妊婦と子供はご遠慮ください。

su.pi.i.do.ga.ha.ya.i.no.de./ni.n.pu.to.ko.do.mo.

wa.go.e.n.ryo.ku.da.sa.i.

因為速度很快，孕婦與孩童請不要搭乘。

A 入り口はどこですか？

i.ri.gu.chi.wa.do.ko.de.su.ka.

入口在哪邊呀？

B こちらへどうぞ

ko.chi.ra.e.do.u.zo.

這邊請。

MP3 121

會話情境：與遊樂園工作人員對話

A この乗り物は子供でも乗れますか？

ko.no.no.ri.mo.no.wa.ko.do.mo.de.mo.no.re.

ma.su.ka.

這設施小孩子也可以坐嗎？

B はい、子供でも乗れる施設です。

ha.i./ko.do.mo.de.mo.no.re.ru.shi.se.tsu.de.su.

可以，這個設施連小朋友都可以搭乘。

會話情境：與遊樂園工作人員對話

Ⓐ 日本のディズニーランドは人が多いですね。

ni.ho.n.no.di.zu.ni.i.ra.n.do.wa.hi.to.ga.o.o.i.de.su.ne.

日本的迪士尼樂園人真多耶。

Ⓑ 平日なのに、すごく込んでいますね。

he.i.ji.tsu.na.no.ni./su.go.ku.ko.n.de.i.ma.su.ne.

明明是平日，人還真多耶。

Ⓐ この乗り物に乗れるまで、何分ぐらい待たされそうですか？

ko.no.no.ri.mo.no.ni.no.re.ru.ma.de/na.n.pu.n.gu.ra.i.ma.ta.sa.re.so.u.de.su.ka.

要搭乘這個遊樂設施，還要再等多久呀？

Ⓑ この列を見れば、一時間ぐらい掛かると思いよすけど。

ko.no.re.tsu.o.mi.re.ba./i.chi.ji.ka.n.gu.ra.i.ka.ka.ru.to.o.mo.i.ma.su.ke.do.

依這個隊伍來看，我想還要花一個小時左右。

Ⓐ もう、諦めましょう。人が少ない乗り物に乗りましょう。

mo.u./a.ki.ra.me.ma.sho.u./hi.to.ga.su.ku.na.i.no.ri.mo.no.ni.no.ri.ma.sho.u.

我們還是放棄吧，我們去坐人少的遊樂設施。

B いいですね。行きましょう。

i.i.de.su.ne./i.ki.ma.sho.u.

好呀，走吧。

───◦ 小知識 ◦───

不論假日或是平日東京迪士尼樂園都是塞滿了
人，若你想要在當天充分玩完迪士尼樂園那事前
是絕對要先做好功課，先介紹幾個簡單的入園攻
略：

1. 在開園前的40分鐘就要先去佔位子，以避
   免排長長的入園隊伍浪費時間。
2. 迪士尼都有遊客來園數量的限制，所以在大
   型假日去時要提前買好票，以避免到時不能
   入園的困境。
3. 事先抽取熱門遊戲設施的快速通關券(FAST
   PASS)，可節省排隊時間。
4. 可自己帶午餐或是事先預約餐廳，並提前半
   小時吃完午餐。
5. 若碰到想要合拍的人偶就快點上去拍照，可
   避免時間浪費。

→觀景台

説明 去觀景台時常用短句。

🎧 122

會話情境:準備要上去觀景台時

Ⓐ 展望台のチケットを二枚ください。

te.n.bo.u.da.i.no.chi.ke.tto.o.ni.ma.i.ku.da.sa.i.

請給我兩張觀景台的票。

Ⓑ 四千円になります。

yo.n.se.n.e.n.ni.na.ri.ma.su.

四千圓。

Ⓐ 営業時間は何時までですか?

e.i.gyo.u.ji.ka.n.wa.na.n.ji.ma.de.de.su.ka.

營業時間到幾點呀?

Ⓑ 十時までです。

ju.u.ji.ma.de.de.su.

到十點。

Ⓐ 入り口はどこですか?

i.ri.gu.chi.wa.do.ko.de.su.ka.

入口在哪裡呀?

Ⓑ あそこの列に並んでください。

a.so.ko.no.re.tsu.ni.na.ra.n.de.ku.da.sa.i.

請排那邊的隊伍。

會話情境：抵達觀景台時

A 景色がすごく綺麗ですね。

ke.shi.ki.ga.su.go.ku.ki.re.i.de.su.ne.

風景很漂亮耶。

B 望遠鏡はどこにありますか？

bo.u.e.n.kyo.u.wa.do.ko.ni.a.ri.ma.su.ka.

望遠鏡在哪裡呀？

A あそこにありますよ。

a.so.ko.ni.a.ri.ma.su.yo.

那邊有唷。

B 見に行きましょう。

mi.ni.i.ki.ma.sho.u.

我們去看看吧。

A あの辺はどこですか？

a.no.he.n.wa.do.ko.de.su.ka.

那邊是哪裡呀？

B あの辺は渋谷の方向ですよ。

a.no.he.n.wa.shi.bu.ya.no.ho.u.ko.u.da.su.yo.

那邊是往澀谷的方向唷。

◦小知識◦

向各位讀者介紹日本各年代所代表重大的人事物,以及常聽到代表日本歷史的明治時代、江戶時代、昭和時代等,日本對年代的稱呼不像台灣用的是民國年,日本有自己對年代的稱呼,但到底怎麼區分時代的遠近呢?各位讀者可以參考以下圖表:

西元年曆	日本年曆	代表人事物
1575~1603 年	安土桃山時代	豐臣秀吉
1603~1868 年	江戶時代	德川家康
1868~1911 年	明治時代	日清戰爭
1912~1926 年	大正時代	第一次世界大戰
1926~1989 年	昭和時代	泡沫經濟
1989~2019 平	平成時代	2008 年金融海嘯

7 每日會發生的事:自助休閒娛樂篇

→博物館、美術館

說明 去博物館、美術展覽館時常用短句。

🎵 123

會話情境：詢問博物館工作人員問題時

Ⓐ 博物館のパンフレットはありますか？
ha.ku.bu.tsu.ka.n.no.pa.n.fu.re.tto.wa.a.ri.ma.
su.ka.
請問有博物館的小冊子嗎？

Ⓑ はい、どうぞ。
ha.i.do.u.zo.
有，請拿。

Ⓐ 中国語バージョンはありますか？
chu.u.go.ku.go.ba.a.jo.n.wa.a.ri.ma.su.ka.
有中文版的嗎？

Ⓑ 英語バージョンしかありません。
e.i.go.ba.a.jo.n.shi.ka.a.ri.ma.se.n.
只有英語版。

Ⓐ 何時に閉まりますか？
na.n.ji.ni.shi.ma.ri.ma.su.ka.
幾點關門呢？

Ⓑ 夜六時に閉まります。
yo.ru.ro.ku.ji.ni.shi.ma.ri.ma.su.
六點關門。

A ありがとうございます。

a.ri.ga.to.u.go.za.i.ma.su.

謝謝。

B ごゆっくりご覧ください。

go.yu.kku.ri.go.ra.n.ku.da.sa.i.

請您慢慢參觀。

會話情境：參觀美術館

A 荷物は何処に預けることが出来ますか？

ni.mo.tsu.wa.do.ko.ni.a.zu.ke.ru.ko.to.ga.de.ki.
ma.su.ka.

哪邊可以放行李呢？

B あちらにコインロッカーがあります。

a.chi.ra.ni.ko.i.n.ro.kka.ga.a.ri.ma.su.

那邊有寄物櫃。

A ガイドブックなどがありますか？

ga.i.do.bu.kku.na.do.ga.a.ri.ma.su.ka.

請問有導覽手冊嗎？

B はい、どうぞ。

ha.i./do.u.zo.

有，請拿。

A ピカソの絵はどの部屋にありますか？

pi.ka.so.no.e.wa.do.no.he.ya.ni.a.ri.ma.su.ka.

畢卡索的畫在哪一間？

7 每日會發生的事：自助休閒娛樂篇

B あそこです。

a.so.ko.de.su.

在那間。

A 撮影してもいいですか？

sa.tsu.e.i.shi.te.mo.i.i.de.su.ka.

可以拍照嗎？

B 館内での撮影はご遠慮願います。

ka.n.na.i.de.no.sa.tsu.e.i.wa.go.e.n.ryo.ne.ga.i.

ma.su.

請勿在館內拍照。

🎵 124

會話情境：與朋友參觀美術館

A 日本の美術館は大きいですね。

ni.ho.n.no.bi.ju.tsu.ka.n.wa.o.o.ki.i.de.su.ne.

日本的美術館還真大，

足が痛くなったので、休憩しましょうか？

a.shi.ga.i.ta.ku.na.tta.no.de./kyu.u.ke.i.shi.ma.

sho.u.ka.

我腳都痠了，來休息一下吧。

B いいですね。コーヒーでも飲みに行きましょう。

i.i.de.su.ne./ko.o.hi.i.de.mo.no.mi.ni.i.ki.ma.

sho.u.

好呀，那我們去喝個咖啡。

Ⓐ 美術館に喫茶店があるんですか？

bi.ju.tsu.ka.n.ni.ki.ssa.te.n.ga.a.ru.n.de.su.ka.

美術館裡面有咖啡廳嗎？

Ⓑ あると思いますが、ガイドブックを持っていますか？

a.ru.to.o.mo.i.ma.su.ga./ga.i.do.bu.kku.o.mo.tte.i.ma.su.ka.

我想是有的，你有帶導覽書嗎？

Ⓐ あります。

a.ri.ma.su.

有。

Ⓑ 地下二階にもあるし、外にもあるようです。どちらにしますか？

chi.ka.ni.ka.i.ni.mo.a.ru.shi/so.to.ni.mo.a.ru.yo.u.de.su./do.chi.ra.ni.shi.ma.su.ka.

地下二樓也有，外面也有，你要哪一間呢？

Ⓐ 外の喫茶店にしましょうか？景色も見れますし。

so.to.no.ki.ssa.te.n.ni.shi.ma.sho.u.ka./ke.shi.ki.mo.mi.re.ma.su.shi.

我們去外面的咖啡廳吧，還可以看風景。

Ⓑ いいですね。ところで、外に出たら、

i.i.de.su.ne./to.ko.ro.de./so.to.ni.de.ta.ra.

好呀，對了，出去外面的話，

また館内に戻れますか？

ma.ta.ka.n.na.i.ni.mo.do.re.ma.su.ka.

還能回到館內嗎？

A 切符を持っているなら、大丈夫だと思います。

ki.ppu.o.mo.tte.i.ru.na.ra/da.i.jo.u.bu.da.to.o.mo.i.ma.su.

你拿著票的話，我想是沒問題的。

────○小知識○────

日本過年與台灣不同，日本的除夕夜是在 12 月 31 日，叫作「大晦日(o.o.mi.so.ka.)」，而到了晚上 12 點整會聽到神社傳來的 108 次鐘聲稱為「除夜の鐘」(jo.ya.no.ka.ne.)，為什麼神社要敲 108 次鐘呢？民間有兩種說法，一種是從日語中，表示辛苦之意的「四苦八苦」一詞而衍伸而來的「苦」字，苦的日語發音為KU，相當於日語「九」KU的諧音。因此 4 乘以 9 為 36 加上 8 乘以 9 為 72 正好是 108。表示人類有 108 種煩惱，所以打 108 次，為的是要在最後的一刻消除各種煩惱以迎接新的一年。

第二說法是因為一年有 12 個月、24 個節氣、72 候，加起來一年共有 108 關要過，如果順利敲過 108 響，必能突破 108 關達成全年風調雨順。

→歌劇、表演秀

說明 去看歌劇、表演秀時常用短句。

🎵 125

會話情境：購買票及確認座位

Ⓐ 今晩のチケットを購入できますか？
ko.n.ba.n.no.chi.ke.tto.o.ko.u.nyu.u.de.ki.ma.
su.ka.
可以買今天晚上的票嗎？

Ⓑ はい、まだ空席があります。
ha.i./ma.da.ku.u.se.ki.ga.a.ri.ma.su.
可以，還有空位。

Ⓐ どの辺の席ですか？
do.no.he.n.no.se.ki.de.su.ka.
是哪邊的座位呢？

Ⓑ 真ん中の後ろのほうです。
ma.n.na.ka.no.u.shi.ro.no.ho.u.de.su.
正中間的後面。

會話情境：確認開場時間

Ⓐ このショーの開演は何時ですか？
ko.no.sho.o.no.ka.i.e.n.wa.i.tsu.de.su.ka.
秀開演時間是幾點呢？

7 每日會發生的事：自助休閒娛樂篇

B 九時です。
ku.ji.de.su.
九點。

A それじゃ、チケット二枚ください。
so.re.ja./chi.ke.tto.ni.ma.i.ku.da.sa.i.
那請給我兩張票。

會話情境：要求座位位子

A どのような席をご希望ですか？
do.no.yo.u.na.se.ki.o.go.ki.bo.u.de.su.ka.
希望是哪種座位呢？

B 最前列の席が欲しいのですが。
sa.i.ze.n.re.tsu.no.se.ki.ga.ho.shi.i.de.su.
我想要最前排的位子。

替換單字練習

● 真ん中
ma.n.na.ka.
正中央

● 二人掛け
fu.ta.ri.ga.ke.
兩人座

● 通路側
tsu.u.ro.ga.wa.
靠走道

‧小知識‧

日本企業或是學校每年何時開始宣布換季更衣呢？在台灣你可能沒想過這樣的問題，但在日本是有這樣的潛規則，一般為每年6月1日會宣布更換夏季制服，到10月1日左右則宣布更換冬季制服，但在南日本則為5月和11月做為更換制服的時間，北海道等寒冷地區換衣時間也會有所延後。這是每年必會碰到的事情，而換季更衣的日文叫做「衣替え(ko.mo.ro.ga.e.)」，其文化是從中國傳過來的，古代中國的為皇帝的換季更衣一年舉辦兩次，日期定為4月1日以及10月1日，時間點有稍許不同但後來這個文化則被日本流傳下來，雖然不是強制性的規定，但還是有很多公司以及學校會選擇每年6月1日以及10月1日做為換季更衣的期間。

7 每日會發生的事：自助休閒娛樂篇

→觀光景點必用對話

說明 景點問路對話實用短句。

🔊 126

會話情境：向路人問路

A あのう、109はどこにありますか？

a.no.u./i.chi.ma.ru.gyu.u.wa.do.ko.ni.a.ri.ma.su.
ka.

請問109在哪裡呀？

B 二つの交差点を通り過ぎた右側にあります。

fu.ta.tsu.no.ko.u.sa.te.n.o.to.o.ri.su.gi.ta.mi.gi.
ga.wa.ni.a.ri.ma.su.

在兩個交叉口後的右側。

A この地図のどこにあるでしょうか？

ko.no.chi.zu.no.do.ko.ni.a.ru.de.sho.u.ka.

在這地圖上的哪裡呀？

B ここです。

ko.ko.de.su.

在這裡。

A ありがとうございます。

a.ri.ga.to.u.go.za.i.ma.su.

謝謝。

會話情境：向路人詢問抵達終點還要花多久

Ⓐ すみません、東京駅はどこですか？

su.mi.ma.se.n./to.u.kyo.u.e.ki.wa.do.ko.de.su.ka.

不好意思，請問東京車站在哪裡呀？

Ⓑ あちらのほうですよ。

a.chi.ra.no.ho.u.de.su.yo.

在那方向唷。

Ⓐ 歩くと何分ぐらいかかりますか？

a.ru.ku.to.na.n.pu.n.gu.ra.i.ka.ka.ri.ma.su.ka.

走路的話要多久呢？

Ⓑ 五分ぐらいかかます。

go.fu.n.gu.ra.i.ka.ka.ri.ma.su.yo.

大約五分鐘左右。

Ⓐ わかりました。ありがとうございます。

wa.ka.ri.ma.shi.ta./a.ri.ga.to.u.go.za.i.ma.su.

我知道了，謝謝。

7 每日會發生的事：自助休閒娛樂篇

🎵 127

會話情境：向路人詢問抵達終點還要花多久

A あのう、すみません、嵐という店はどこ
にあるのでしょうか？

a.no.u./su.mi.ma.se.n./a.ra.shi.to.i.u.mi.se.wa.
do.ko.ni.a.ru.no.de.sho.u.ka.

不好意思，請問叫作「嵐」的這家店在哪裡呢？

B 嵐は有名な店ですよ。あのビルの後ろに
あります。

a.ra.shi.wa.yu.u.me.i.na.mi.se.de.su.yo./a.no.bi.
ru.no.u.shi.ro.ni.a.ri.ma.su.

嵐是間很有名的店唷，在那大樓的後面。

A どうもありがとうございます。

do.u.mo.a.ri.ga.to.u.go.za.i.ma.su.

謝謝你。

B どこから来ましたか？

do.ko.ka.ra.ki.ma.shi.ta.ka.

你從哪裡來的呀？

A 私は台湾から来ました。

wa.ta.shi.wa.ta.i.wa.n.ka.ra.ki.ma.shi.ta.

我從台灣來的。

B ええっ、そうなんですか、どうして嵐を
知っていますか？

e.e./so.u.na.n.de.su.ka/do.u.shi.te.a.ra.shi.o.shi.
tte.i.ma.su.ka.

欸～是這樣唷，你怎麼會知道嵐呢？

B ネットで調べたんです。東京に来たら、

ne.tto.de.shi.ra.be.ta.n.de.su /to.u.kyo.u.ni.ki.ta.
ra.

我是在網路上查到的，來東京的話，

必ず嵐という店で食べなきゃって書いて
あったからです。

ka.na.ra.tsu.a.ra.shi.to.i.u.mi.se.de.ta.be.na.kya.
tte.ka.i.te.a.tta.ka.ra.de.su.

網路寫說一定要吃到叫「嵐」這家店。

R よく調べましたね。確かに嵐はおいしい
ですよ。

yo.ku.shi.ra.be.ma.shi.ta.ne./ta.shi.ka.ni.a.ra.
shi.wa.o.i.shi.i.de.su.yo.

你還真會查耶，的確「嵐」很好吃。

A 本当ですか？楽しみにしています。

ho.n.to.u.de.su.ka./ta.no.shi.mi.ni.shi.te.i.ma.su.

真的嗎？我真期待。

7
每日會發生的事：自助休閒娛樂篇

MP3 128

─◦ 小知識 ◦─

日本電車車票分為特急券、急行券、指定席，有
趣的是在日本售票處會寫上「大人料金（o.to.
na.ryo.u.ki.n.）與子供料金(ko.do.mo.ryo.u.ki.n.)」
這樣的乘車金額，此時的日語的小人是指孩童，
而孩童票大多是以半價計算。另外由於日本很
大，再搭乘遠程車時還有分頭等車廂、睡覺車
廂，但此時無論大人或是小孩多半是同一價位。
購買車票時常見單字：

フリーパス
fu.ri.i.pa.su.
自由型巴士票

往復タイプ
o.u.fu.ku.ta.i.pu.
來回票

回数券タイプ
ka.i.su.u.ke.n.ta.i.pu.
回數票

往復＋フリータイプ
o.u.fu.ku.+fu.ri.i.ta.i.pu.
來回+自由型巴士票

→搭乘大眾工具

說明 搭乘大眾交通工具時的實用對話及短句。

○**常用短句**○　　　🎵 128

例 東京行きの電車はどの方向ですか？
とうきょうゆき　　でんしゃ　　　ほうこう

to.u.kyo.u.yu.ki.no.de.n.sha.wa.do.no.ho.u.ko.
u.de.su.ka.

往東京去的電車是哪個方向呢？

例 空港へ行くバスはありますか？
くうこう　い

ku.u.ko.u.e.i.ku.ba.su.wa.a.ri.ma su.ka.

有到機場的巴士嗎？

例 このバスは東京行きですか？
とうきょうゆき

ko.no.ba.su.wa.to.u.kyo.u.yu.ki.de.su.ka.

這巴士是往東京的嗎？

例 バス停はどこですか？
てい

ba.su.te.i.wa.do.ko.de.su.ka.

巴士站在哪裡呀？

例 ○○まで、どのくらい時間がかかります
じかん
か？

○.○.ma.de./do.no.ku.ra.i ji.ka.n.ga.ka.ka.ri.
ma.su.ka.

到○○要花多久時間呢？

MP3 129

會話情境：詢問路人該搭哪個巴士

Ⓐ あのう、すみません。
a.no.u./su.mi.ma.se.n.
不好意思。

Ⓑ はい、なんでしょうか？
ha.i./na.n.de.sho.u.ka.
有什麼事嗎？

Ⓐ 上野へ行きたいんですが、どのバスに
乗ったらいいですか？
u.e.no.e.i.ki.ta.i.n.de.su.ga./do.no.ba.su.ni.no.
tta.ra.i.i.de.su.ka.
我想去上野，要坐哪個巴士呢？

Ⓑ 上野ですか？三番のバスでいけますよ。
乗り場はあそこです。
u.e.no.de.su.ka./sa.n.ba.n.no.ba.su.de.i.ke.ma.
su.yo./no.ri.ba.wa.a.so.ko.de.su.
要去上野嗎？搭三號巴士可以到唷。搭乘的地方
在那邊。

Ⓐ どうもありがとうございます。
do.u.mo.a.ri.ga.to.u.go.za.i.ma.su.
謝謝你。

Ⓑ いいえ。
i.i.e.
不會。

Ⓐ すみません、ちょっとお尋ねしたいんですが。

su.mi.ma.se.n./cho.tto.o.ta.zu.ne.shi.ta.i.n.de.su.ga.

不好意思，有事想詢問一下。

Ⓑ はい、なんでしょうか？

ha.i./na.n.de.sho.u.ka.

什麼事呢？

Ⓐ 上野動物園へ行きたいんですが、どこで降りたらいいですか？

u.e.no.do.u.bu.tsu.e.n.e.i.ki.ta.i.n.de.su.ga./do.ko.de.o.ri.ta.ra.i.i.de.su.ka.

我想要去上野動物園，要在哪站下車呢？

Ⓑ「上野駅」です。

u.e.no.e.ki.de.su.

在上野站。

Ⓐ どうもありがとうございました。

do.u.mo.a.ri.ga.to.u.go.za.i.ma.shi.ta.

謝謝你。

🎵 130

會話情境：詢問路人要到達目的地要怎麼走

Ⓐ 東京ドームへ行きたいんですが、どう
行ったらいいでしょうか？

to.u.kyo.u.do.o.mu.e.i.ki.ta.i.n.de.su.ga./do.u.i.
tta.ra.i.i.de.sho.u.ka.

我想要去東京巨蛋，要怎麼去呢？

Ⓑ そこから徒歩三分ぐらい行けますよ。

so.ko.ka.ra.to.ho.sa.n.pu.n.gu.ra.i.i.ke.ma.su.yo.

從那邊走大概三分鐘左右會到唷。

Ⓐ わかりました。どうもありがとうござい
ました。

wa.ka.ri.ma.shi.ta./do.u.mo.a.ri.ga.to.u.go.za.i.
ma.shi.ta.

我知道了，謝謝你。

會話情境：詢問路人要到哪邊搭電車

Ⓐ すみません、大阪行きの電車はどこで
乗れますか？

su.mi.ma.se.n./o.o.sa.ka.yu.ki.no.de.n.sha.wa.
do.ko.de.no.re.ma.su.ka.

不好意思，往大阪方向的電車要在哪裡搭呢？

Ⓑ えーと、四番ホームで乗れますよ。

e.e.to./yo.n.ba.n.ho.o.mu.de.no.re.ma.su.yo.

嗯，在第四月台可以搭。

Ⓐ 大阪までどれぐらい時間がかかりますか？

o.o.sa.ka.ma.de.do.re.gu.ra.i.ji.ka.n.ga.ka.ka.ri.ma.su.ka.

到大阪要花多少時間呢？

Ⓑ 四十分ぐらいかかります。

yo.n.ju.ppu.n.gu.ra.i.ka.ka.ri.ma.su.

大概要花四十分鐘左右唷。

Ⓐ そうですか、わかりました。どうも。

so.u.de.su.ka./wa.ka.ri.ma.shi.ta./do.u.mo.

是唷，我知道了，謝謝。

──○ 小知識 ○──

跟大家介紹在日本搭乘電扶梯的文化，在日本關東地區(東京)與台灣捷運文化相同，在搭乘電扶梯時，通常會站在左方，將右方讓給趕時間的人通行。

但是在關西(大阪)地區剛好相反，搭乘電扶梯時是站右邊，左邊則會空出來讓趕時間的行人通過。

7 每日會發生的事：自助休閒娛樂篇

→觀光諮詢服務台

說明 日本的觀光諮詢服務台的服務人員通常都是非常親切，對初次訪日的觀光客來說非常好利用的觀光諮詢，但要如何用日文請求幫助呢？請參考以下對話。

🎵 131

會話情境：在觀光諮詢台詢問事情

Ⓐ こんにちは。
ko.n.ni.chi.wa.
您好。

Ⓑ こんにちは。いらっしゃいませ。
ko.n.ni.chi.wa./i.ra.ssha.i.ma.se.
您好，歡迎光臨。

Ⓐ この辺の観光地図はありますか？
ko.no.he.n.no.ka.n.ko.u.chi.zu.wa.a.ri.ma.su.ka.
有這附近的觀光地圖嗎？

Ⓑ はい。これどうぞ。
ha.i./ko.re.do.u.zo.
有，請拿。

Ⓐ ありがとうございます。
a.ri.ga.to.u.go.za.i.ma.su.
謝謝。

會話 情境：請觀光服務處的工作人員推薦景點

Ⓐ この周りには観光スポットがあります
か？

ko.no.ma.wa.ri.ni.wa.ka.n.ko.u.su.po.tto.ga.a.ri.
ma.su.ka.

這附近有觀光景點嗎？

Ⓑ どのような場所に行きたいですか？

do.no.yo.u.na.ba.sho.ni.i.ki.ta.i.de.su.ka.

你想去哪種地方呢？

Ⓐ 景色を見られる場所に行きたいです。

ke.shi.ki.o.mi.ra.re.ru.ba.sho.ni.i.ki.ta.i.de.su.

我想去可以看到風景的場所。

Ⓑ それなら、展望台はいかがですか？

so.re.na.ra./te.n.bo.u.da.i.wa.i.ka.ga.de.su.ka.

如果是這樣的話，展望台如何呢？

會話 情境：尋求外語導覽者

Ⓐ あのう、すみません。中国語が話せるガ
イドさんはいますか？

a.no.u./su.mi.ma.se.n./chu.u.go.ku.go.ga.ha.na.
se.ru.ga.i.do.sa.n.wa.i.ma.su.ka.

不好意思，請問有會說中文的領隊嗎？

7 每日會發生的事：自助休閒娛樂篇

B 中国語ガイドさんはいないですが、英語のガイドさんならいますけど。

chu.u.go.ku.go.ga.i.do.sa.n.wa.i.na.i.de.su.ga./e.i.go.no.ga.i.do.sa.n.na.ra.i.ma.su.ke.do.

沒有會說中文的領隊，但有會說英語的領隊。

A じゃ、英語が話せるガイドさんでもいいので、案内してもらえませんか？

ja./e.i.go.ga.ha.na.se.ru.ga.i.do.sa.n.de.mo.i.i.no.de./a.n.na.i.shi.te.mo.ra.e.ma.se.n.ka.

那會說英文的領隊也可以，可以帶我們參觀嗎？

B 少々お待ちください。英語のガイドさんに連絡します。

sho.u.sho.u.o.ma.chi.ku.da.sa.i./e.i.go.no.ga.i.do.sa.n.ni.re.n.ra.ku.shi.ma.su.

請您稍待片刻，我去聯絡英文領隊。

A ありがとうございます。案内時間は大体どれぐらい掛かりますか？

a.ri.ga.to.u.go.za.i.ma.su./a.n.na.i.ji.ka.n.wa.da.i.ta.i.do.re.gu.ra.i.ka.ka.ri.ma.su.ka.

謝謝你，請問參觀大約會花多少時間呢？

B 一時間ぐらいです。

i.chi.ji.ka.n.gu.ra.i.de.su.

一個小時左右。

A 案内料金はおいくらですか？

a.n.na.i.ryo.u.ki.n.wa.o.i.ku.ra.de.su.ka.

參觀服務費是多少呢？

B 無料<ruby>じりょう</ruby>サービスです。

mu.ryo.u.sa.a.bi.su.de.su.

是免費服務。

A どうもありがとうございます。

do.u.mo.a.ri.ga.to.u.go.za.i.ma.su.

真是謝謝你。

B どうぞ、ごゆっくり楽<ruby>たの</ruby>しんでください。

do.u.zo./go.yu.kku.ri.ta.no.shi.n.de.ku.da.sa.i.

請好好享受。

小知識

由於日本近年來經濟非常不景氣，公司裁員的新聞也不在是新鮮事，導致有很多人因為無法償還龐大的房貸壓力下，而選擇成為「ホームレス（ho.o.mu.re.su.）」，英文為HOMELESS，中文翻譯為「無家可歸的人」。

由於要保護這種社會弱勢族群，日本政府開始用「生活保護金」的方式給與金援，每個月約支付18萬日幣，但是高額的保護金給付有時比賣勞力所獲得的薪水還多，導致少部分的人更不想努力工作，保護金問題目前也是日本社會議題之一。另外還有漸漸被重視的社會問題「引き篭もり（hi.ki.ko.mo.ri.）」，指的是完全不跟社會或家人接觸，每天只待在自己房間的人，跟沉溺於自己興趣的「お宅<ruby>たく</ruby>（o.ta.ku.）」宅男意思不同。

➔拍照對話

說明 拍照常用的短句，請參考以下對話。

🎵 132

會話情境：請陌生人幫忙拍照

A すみません、写真を撮ってもらえませんか？

su.mi.ma.se.n./sha.shi.n.o.to.tte.mo.ra.e.ma.se.n.ka.

不好意思，可以幫我拍照嗎？

B いいですよ。

i.i.de.su.yo.

好呀。

A あれをバックに入れて写してもらえますか？

a.re.o.ba.kku.ni.i.re.te.u.tsu.shi.te.mo.ra.e.ma.su.ka.

可以以那個為背景幫我拍進去嗎？

B はい、チーズ。

ha.i.chi.i.zu.

好，要拍囉。

會話情境：邀請好友一起拍照

Ⓐ 一緒に写真をとらない？

i.ssho.ni.sha.shi.n.o.to.ra.na.i.

要不要一起拍照呀？

Ⓑ いいよ。

i.i.yo.

好呀。

Ⓐ おどけた顔をしよう。

o.do.ke.ta.ka.o.o.shi.yo.u.

來做鬼臉吧。

Ⓑ いや、いいわ。

i.ya./i.i.wa.

不，我免了。

🔊 133

會話情境：與朋友一起去爬富士山，想請人
拍照留念

Ⓐ やっと山頂まで登りましたね。景色がす
ごく綺麗です。

ya.tto.sa.n.cho.u.ma.de.no.bo.ri.ma.shi.ta.ne./
ke.shi.ki.ga.su.go.ku.ki.re.i.de.su.

終於爬上山頂了，風景超漂亮。

Ⓑ そうですね。感動しました。

so.u.de.su.ne./ka.n.do.u.shi.ma.shi.ta.

真的耶，好感動唷。

A せっかくだから、記念写真として、一緒に撮りましょうか？

se.kka.ku.da.ka.ra./ki.ne.n.sha.shi.n.to.shi.te./i.ssho.ni.to.ri.ma.sho.u.ka.

很難得的機會，我們一起拍張紀念照吧。

B いいですね。じゃ、誰かに撮って貰いましょうか？

i.i.de.su.ne./ja./da.re.ka.ni.to.tte.mo.ra.i.ma.sho.u.ka.

好耶，那我們請誰來拍呢？

A あそこの女の子に撮ってもらいましょう。

a.so.ko.no.o.n.na.no.ko.ni.to.tte.mo.ra.i.ma.sho.u.

我們請在那邊的女生幫我們拍吧。

B あのう、すみません。写真を撮ってもらってもいいですか？

a.no.u./su.mi.ma.se.n./sha.shi.n.o.to.tte.mo.ra.tte.mo.i.i.de.su.ka.

嗯，不好意思，你可以幫我們拍照嗎？

いいですよ。チーズ。

i.i.de.su.yo./chi.i.zu.

好呀，要拍囉。

A どうもありがとうございます。

do.u.mo.a.ri.ga.to.u.go.za.i.ma.su.

真是謝謝你。

B この写真、帰ったら、メールで送ってくださいね。

ko.no.sha.shi.n./ka.e.tta.ra./me.e.ru.de.o.ku.tte.ku.da.sa.i.ne.

這個照片你回家後要用E-MAIL寄給我唷。

A わかりました。必ず送ります。

wa.ka.ri.ma.shi.ta./ka.na.ra.zu.o.ku.ri.ma.su.

我知道，我一定會寄給你的。

B ラーメンも食べたし、そろそろ降りましょうか？

ra.a.me.n.mo.ta.be.ta.shi./so.ro.so.ro.o.ri.ma.sho.u.ka.

拉麵也吃了，該準備下山了吧。

A ホテルに着いたら、温泉に入りましょうか？

ho.te.ru.ni.tsu.i.ta.ra./o.n.se.n.ni.ha.i.ri.ma.sho.u.ka.

到了旅館，要不要泡溫泉？

B それはいいですね。温泉に入りたいです。

so.re.wa.i.i.de.su.ne./o.n.se.n.ni.ha.i.ri.ta.i.de.su.

這個好耶，我也想泡溫泉。

───────○ 小知識 ○───────

富士山是日本第一高峰也是座橫跨靜岡縣和山梨縣的活火山，標高 3776 公尺。由於一年四季景色非常宜人，是代表日本的名勝地。

每年的 7、8 月份是攀登富士山的最佳季節，會看到很多登山客前往挑戰，過了 7、8 月份後富士山都是封山狀況。富士山由山腳至山頂共分為十合，一般觀光客都會去五合目拍照，登山客則由五合目開始向上攀登，直至山頂的十合目，沿途的休息處都會設置廁所，但由於水資源取得不易，廁所都是採使用者付費的方式經營，富士山的山頂設有全日本最高的餐廳叫作「頂上富士館」，提供給登山客吃飯休息的地方。

→旅遊緊急突發狀況

說明 在旅行時發現物品遺失、迷路問題時該怎麼辦呢？請參考以下短句。

MP3 134

會話情境：東西遺失時

Ⓐ どうしましたか？
do.u.shi.ma.shi.ta.ka.
你怎麼了呢？

Ⓑ 携帯をなくしたんですが。
ke.i.ta.i.o.na.ku.shi.ta.n.de.su.ga.
我手機掉了。

Ⓐ どこでなくしましたか？
do.ko.de.na.ku.shi.ma.shi.ta.ka.
在哪裡掉的呢？

Ⓑ たぶんバスを待っていた間だと思います。
ta.bu.n.ba.su.o.ma.tte.i.ta.a.i.da.da.to.o.mo.i.ma.su.
我想大概是在坐巴士的時候。

Ⓐ 何番のバスに乗りましたか？
na.n.ba.n.no.ba.su.o.no.ri.ma.shi.ta.ka.
你坐幾號的巴士呢？

7
每日會發生的事：自助休閒娛樂篇

B 東京行きの三番です。

to.u.kyo.u.yu.ki.no.sa.n.ba.n.de.su.

往東京的三號。

A いつですか？

i.tsu.de.su.ka.

什麼時候呢？

B さっきです。

sa.kki.de.su.

剛剛。

A では、この届書に記入してください。

de.wa./ko.no.to.do.ke.sho.ni.ki.nyu.u.shi.te.ku.

da.sa.i.

那請在這邊填寫登記表。

B よろしくお願いします。

yo.ro.shi.ku.o.ne.ga.i.shi.ma.su.

麻煩你了。

替換單字練習

● 財布 sa.i.fu 錢包
● カメラ ka.me.ra. 相機

- パスポート
  pa.su.po.o.to.
  護照

- 荷物
  ni.mo.tsu.
  行李

- カバン
  ka.ba.n.
  包包

- メガネ
  me.ga.ne.
  眼鏡

🔊 135

會話情境：迷路時

Ⓐ すみません、道に迷ってしまったんですが。
su.mi.ma.se.n./mi.chi.ni.ma.yo.tte.shi.ma.tta.n.de.su.ga.
不好意思，我迷路了。

Ⓑ どこへ行きたいんですか？
do.ko.e.i.ki.ta.i.n.de.su.ka.
你想去哪裡呢？

A ホテルに戻りたいんです。

ho.te.ru.ni.mo.do.ri.ta.i.n.de.su.

我想回飯店。

會話情境：在日本發生問題，想向人求救時

A あのう、どうか助けてください。

a.no.u./do.u.ka.ta.su.ke.te.ku.da.sa.i.

喂～請您救救我。

B どうしたんですか？大丈夫ですか？

do.u.shi.ta.n.de.su.ka./da.i.jo.u.bu.de.su.ka.

你怎麼了，沒事吧？

A 日本語でうまく説明できないので、警察を呼んでください。

ni.ho.n.go.de.u.ma.ku.se.tsu.me.i.de.ki.na.i.no.
de./ke.i.sa.tsu.o.yo.n.de.ku.da.sa.i.

我無法用日文好好說明，請你幫我叫警察。

B 警察を呼んで来るので、ここで待っていてください。

ke.i.sa.tsu.o.yo.n.de.ku.ru.no.de./ko.ko.de.ma.
tte.i.te.ku.da.sa.i.

我去叫警察你在這邊等一下。

A ありがとうございます。

a.ri.ga.to.u.go.za.i.ma.su.

謝謝你。

─○ 小知識 ○─

在日本各個地方都會設置類似台灣的派出所，日語叫做「交番(ko.u.ba.n.)」，巡邏警察的日文稱為「お巡りさん(o.ma.wa.ri.sa.n.)」，日本巡邏警察的制服為藍色，通常都會配戴警槍，日本巡邏警察的巡邏方式有些地方與台灣不同，日本很多巡邏警察會騎乘腳踏車，四處巡查有無可疑份子。

7 每日會發生的事：自助休閒娛樂篇

→美容室

說明 在日本美髮店最常用到的會話。

🎵 136

會話情境：與美髮師溝通造型

A いらっしゃいませ。今日はどうなさいますか？

i.ra.ssha.i.ma.se./kyo.u.wa.do.u.na.sa.i.ma.su.ka.

歡迎光臨，今天您要怎麼弄呢？

B カットをお願いします。

ka.tto.o.o.ne.ga.i.shi.ma.su.

我要剪髮。

A どれくらいカットしますか？

do.re.ku.ra.i.ka.tto.shi.ma.su.ka.

要剪多少呢？

B ショートにしたいのですが。

sho.o.to.ni.shi.ta.i.no.de.su.ga.

我想剪短。

A どんな感じのショートカットがいいですか？

do.n.na.ka.n.ji.no.sho.o.to.ka.tto.ga.i.i.de.su.ka.

想剪怎樣的短髮呢？

B 今と同じ形で、少し短くしてください。

i.ma.to o.na.ji.ka.ta.chi.de./su.ko.shi.mi.ji.ka.
ku.shi.te.ku.da.sa.i.

和現在的型一樣，再剪短一點。

A 前髪はどうしますか？

ma.e.ga.mi.wa.do.u.shi.ma.su.ka.

瀏海要怎麼剪呢？

B このままでいいです。あまり短くしない
でください。

ko.no.ma.ma.de.i.i.de.su./a.ma.ri.mi.ji.ka.ku.
shi.na.i.de.ku.da.sa.i.

這樣就好，不要剪太短。

A わかりました。シャンプーしますから、
どうぞ、こちらへ。

wa.ka.ri.ma.shi.ta./sha.n.pu.u.shi.ma.su.ka.ra./
do.u.zo./ko.chi.ra.e.

我知道了，因為要先洗頭，請往這邊走。

🔊 137

會話情境：看造型書溝通造型

A お待たせしました。今日はどうなさいま
すか？

o.ma.ta.se.shi.ma.shi.ta./kyo.u.wa.do.u.na.sa.i.
ma.su.ka.

讓您久等了，今天要怎麼弄呢？

B 髪形をかえたいのですが。

ka.mi.ga.ta.o.ka.e.ta.i.no.de.su.ga.

我想換髮型。

A スタイルブックをご覧になりますか？

su.ta.i.ru.bu.kku.o.go.ra.n.ni.na.ri.ma.su.ka.

要看造型書嗎？

B はい、スタイルブックをお願いします。

ha.i./su.ta.i.ru.bu.kku.o.o.ne.ga.i.shi.ma.su.

好，請給我造型書。

B どのようなヘアスタイルが私に似合うの
でしょうか？

do.no.yo.u.na.he.a.su.ta.i.ru.ga.wa.ta.shi.ni.ni.a.
u.no.de.sho.u.ka.

哪個髮型適合我呢？

A ちょっとパーマを掛けて、その長さはい
かがでしょうか？

cho.tto.pa.a.ma.o.ka.ke.te./so.no.na.ga.sa.wa.i.
ka.ga.de.sho.u.ka.

燙一點捲，那個長度可以嗎？

B いいですね。じゃ、その長さにします。

i.i.de.su.ne./ja./so.no.na.ga.sa.ni.shi.ma.su.

好呀，那就那個長度。

A ヘアカラーはどんな色がいいですか？

he.a.ka.ra.a.wa.do.n.na.i.ro.ga.i.i.de.su.ka.

髮色要什麼色好嗎？

B 黒髪が好きなので、染めたくないんですが。

ku.ro.ka.mi.ga.su.ki.na.no.de./so.me.ta.ku.na.i.n.de.su.ga.

我喜歡黑髮，所以我不想染髮。

A 分かりました。このくらいの長さだと、いろいろアレンジできますよ。

wa.ka.ri.ma.shi.ta./ko.no.ku.ra.i.no.na.ga.sa.da.to./i.ro.i.ro.a.re.n.ji.de.ki.ma.su.yo.

我知道了，像這樣的長度可以做很多造型了。

 138

會話情境：洗完頭後與髮型師溝通造型

A カットはどうしましょうか？

ka.tto.wa.do.u.shi.ma.sho.u.ka.

您要怎麼剪呢？

B もう少し軽くしたいのですが、薄くしてください。

mo.u.su.ko.shi.ka.ru.ku.shi.ta.i.no.de.su.ga./u.su.ku.shi.te.ku.da.sa.i.

我頭髮想再輕一點，請幫我打薄。

A どれくらいカットしますか？

do.re.ku.ra.i.ka.tto.shi.ma.su.ka.

要剪多短呢？

B この辺ぐらいです。

ko.no.he.n.gu.ra.i.de.su.

到這邊左右。

A 前髪はどうしますか？

ma.e.ga.mi.wa.do.u.shi.ma.su.ka.

瀏海要怎麼弄呢？

B 少しだけカットしてください。

su.ko.shi.da.ke.ka.tto.shi.te.ku.da.sa.i.

請幫我剪一點。

A 分け目はどちらにしますか？

wa.ke.me.wa.do.chi.ra.ni.shi.ma.su.ka.

分線要分哪邊呢？

B 真ん中にします。

ma.n.na.ka.ni.shi.ma.su.

分中間。

A ちょっとパーマを掛けたほうがいいです
よ。

cho.tto.pa.a.ma.o.ka.ke.ta.ho.u.ga.i.i.de.su.yo.

稍微燙點捲會比較好唷。

B じゃ、大きなパーマにしてください。

ja./o.o.ki.na.pa.a.ma.ni.shi.te.ku.da.sa.i.

那請幫我燙大捲。

喔嗨優！日本人天天會用的日語短句

雅致風靡　典藏文化

親愛的顧客您好，感謝您購買這本書。即日起，填寫讀者回函卡寄回至本公司，我們每月將抽出一百名回函讀者，寄出精美禮物並享有生日當月購書優惠！想知道更多更即時的消息，歡迎加入"永續圖書粉絲團"您也可以選擇傳真、掃描或用本公司準備的免郵回函寄回，謝謝。

傳真電話：（02）8647-3660　　　電子信箱：yungjiuh@ms45.hinet.net

姓名：		性別：	□男　□女
出生日期：　年　　月　　日		電話：	
學歷：		職業：	
E-mail：			
地址：□□□			
從何處購買此書：		購買金額：　　　　元	
購買本書動機：□封面 □書名 □排版 □內容 □作者 □偶然衝動			

你對本書的意見：
內容：□滿意□尚可□待改進　　編輯：□滿意□尚可□待改進
封面：□滿意□尚可□待改進　　定價：□滿意□尚可□待改進

其他建議：

總經銷：永續圖書有限公司

永續圖書線上購物網
www.foreverbooks.com.tw

您可以使用以下方式將回函寄回。

您的回覆，是我們進步的最大動力，謝謝。

① 使用本公司準備的免郵回函寄回。

② 傳真電話：（02）8647-3660

③ 掃描圖檔寄到電子信箱：

　　yungjiuh@ms45.hinet.net

沿此線對折後寄回，謝謝。

廣 告 回 信
基隆郵局登記證
基隆廣字第056號

雅致風靡　典藏文化